Michael Berka

Harte Nüsse für das Krimi-Team

. . . gibt es diesmal zu knacken! Einmal geht es um einen spektakulären Bankeinbruch zweier Gangster, auf deren Spuren Franziska und ihre jungen Helfer sich bewegen, ohne es zu wissen; im andern Fall handelt es sich um eine Serie von Hoteldiebstählen, darunter ein »Millionending«, für die es gleich mehrere Tatverdächtige gibt: die falsche Konsulin, die skurrile Besitzerin eines »Gerümpelmuseums«, die ihr verdächtig ähnlich sieht, und der Grauhaarige am Stock, der, wenns's sein muß, recht behende sein kann . . .

Daß es bei solch hochkarätigen Fällen sehr schnell gefährlich werden kann, muß Stefani erfahren: Plötzlich ist sie verschwunden! Ein Unfall, ein Überfall — oder gar eine Entführung? Franziska, Petra und Oliver befürchten das Schlimmste. Und sie haben nur einen einzigen Anhaltspunkt: eine Puderdose, in die Oliver einen Minisender eingebaut hat und die Stefani bei sich tragen muß . . .

Michael Berka

Harte Nüsse für das Krimi-Team

W. Fischer-Verlag · Göttingen

Dieser Sammelband enthält:

Die Entführung

Das Millionending

ISBN 3-439-81914-0

Illustriert von Erica Strauhal-Hempel

Gesamtherstellung: Fischer-Offset-Druck, Göttingen

Inhalt

Wer sind Franziska und ihr Krimi-Team?

Eigentlich eine Familie, wie es viele gibt und wie es sie häufiger geben sollte: lebensfroh und eine verschworene kleine Gemeinschaft dazu: Mutter Franziska und ihre beiden Kinder Stefani und Oliver, die Zwillinge. Und Karottenkopf Petra, Stefanis Freundin, ein Schlüsselkind, die einfach mit dazugehört.

Daß die Kinder auch noch ein Krimi-Team bilden, haben sie ihrer Mutter zu verdanken, die als Witwe eines Münchener Kriminalkommissars viel von ihrem Mann gelernt hat und noch immer einen heißen Draht zur Kripo besitzt. Darum hat sie auch nach dem Tod ihres Mannes eine eigene Detektei eröffnet, und die phantasievollen Kinder sind dabei ihre liebsten Helfer. Und ob es nun um den Mann mit der Narbe geht, der einsamen Frauen ans Geld will, oder um Geldschrankknacker, die auch vor einer Entführung nicht zurückschrecken, ob um die Konsulin, die den Detektiv zum Dieb machen will, oder um Spukgeister, die die Gäste einer Pension vertreiben und die die Pension an den Rand der Pleite bringen — immer ist Franziskas Krimi-Team zur Stelle!

Eine Puderdose piept

»Na, ist noch alles beim alten?« fragte Petra, als ihre Freundin Stefani in das Hotelzimmer kam, das die beiden Mädchen bezogen hatten. Es war der schönste Raum, den es im Hause gab, denn ein hübscher Balkon gehörte dazu, von dem man den ganzen Chiemsee überblicken konnte. Auch Oliver war da, der ein weniger schönes Zimmer erwischt hatte. Es war Ferienzeit, und alle drei hatten die Absicht, sie nach besten Kräften auszukosten.

»Es hat sich kaum etwas geändert im Ort; nur leider, der Tante-Emma-Laden wurde inzwischen geschlossen. Die beiden alten Damen, die im ersten Stock wohnen, haben ein Schild ‚Zu vermieten' herausgehängt.«

»Schade, im letzten Jahr war es so gemütlich dort. Hast du die Damen gesprochen?«

»Ich bin noch nicht oben gewesen, ich Dussel, aber morgen ist auch noch ein Tag. Dafür war ich in der Konditorei und habe Gebäck mitgebracht, euch läuft das Wasser im Mund zusammen.«

Oliver machte sich begeistert über das mitgebrachte Paket her. »Es ist prima, daß du einen genauso süßen Zahn hast wie ich.«

»Eure Mutter hat angerufen«, meldete Petra, »sie kommt auch, morgen in aller Frühe ist sie hier.«

»Wir werden ihr eine Girlande mit ,Herzlich willkommen' an die Tür hängen. Laßt uns knobeln, wer den Kaffee zu unserm Kuchen aus der Hotelküche holen muß.«

»Ich gehe freiwillig«, meldete sich Petra. »Wenn Oliver verlieren sollte, verschüttet er sowieso die Hälfte des Kaffees.«

Während sie fort war, stellten die Geschwister einen Tisch auf den Balkon, brachten Stühle nach draußen und spannten den Sonnenschirm auf. Auf dem See kreuzten zahlreiche Sportboote. Im Westen zog ein weißer Ausflugsdampfer seine Bahn.

»Ich habe uns ein Segelboot gemietet«, berichtete Oliver, »eine hübsche Jolle mit fünfzehn Quadratmetern Segelfläche, ab morgen ist sie frei. Drüben im Bootshaus liegt sie.«

Das Gebäude war nur knapp zweihundert Meter entfernt und lag unmittelbar am Ufer. Mit blitzenden Fensterscheiben zwischen grün bemalten hölzernen Klappläden blickte es verschmitzt herüber.

»Das ist klasse. Was meinst du, wird Franziska in diesem Jahr mit uns segeln?«

»Dafür laß mich sorgen. Ich werde ihr von Anfang an verbieten, sich in den Ferien um Gauner und Halunken zu kümmern. Die brauchen auch mal Erholung«, spottete er.

»Wie sozial gedacht. Wenn die Gangster das wüßten, würden sie dich Oliver Butterweich nennen.«

Petra erschien mit einem Tablett, auf dem Tassen klapperten. Sie deckte den Kaffeetisch, obwohl eigentlich Zeit zum Mittagessen war, aber die Hotelküche lieferte Schweinebraten und Semmelknödel. Bei der Hitze, die über dem Ferienort lag und die flimmernd vom Asphalt der Straßen in die Höhe stieg, war es besser, viel besser, sich mit leckerem Kuchen zu begnügen.

Trotzdem kam der Augenblick, an dem Stefani den Teller mit dem angebissenen Mohrenkopf aus der Hand stellte, sich erhob und ein paar Schritte auf dem Balkon hin und her lief, um das Völlegefühl loszuwerden, sie hatte wieder einmal zu viel gefuttert. Das veranlaßte Oliver zu einem verständnisvollen Grinsen.

Damit kam er schlecht an: »Du solltest dich an die eigene Nase fassen, Bruder Butterweich, oder hat dein Magen ein großes Loch?«

Dabei blickte sie hinunter in den Hotelgarten und zur Straße, die links davon vorüberführte. Dort entdeckte sie einen rundlichen, elegant gekleideten Mann, der zum Bootshaus hinunterschlenderte.

»Den Knaben habe ich schon einmal kennengelernt«, murmelte sie gedankenvoll, »diese seltsame, zu kurz geratene Type, die sich so gewollt elegant kleidet. Wenn ich bloß wüßte, wo das war. Warum wird mir so unbehaglich bei seinem Anblick?«

»Was phantasierst du?« fragte Oliver mißtrauisch und schob sich eine Portion Schlagsahne in seinen Mund. »Was ist los, hast du einen Gangster entdeckt? Ich erinnere daran, wir haben Ferien, das gilt auch fürs Spinnen!«

»Blödmann!«

Damit war Tom Fandler vergessen, denn um den handelte es sich. Dafür sahen die Mädchen gespannt zu, wie Oliver zwei seltsame Dinge aus seiner Hosentasche kramte.

»Sieht aus wie meine Puderdose, wenigstens der eine Gegenstand«, sagte Stefani erstaunt. »Seit wann puderst du dich, Oliver?«

»Es sieht nicht bloß so aus, es war auch deine Puderdose. Aber weil sie so praktisch ist, habe ich sie kurzerhand umfunktioniert.«

»Du hast mich also beklaut?«

»In einer braven Familie gibt es keinen Klau. Stell doch mal fest, was aus dem bisher unnützen Ding geworden ist. Die Puderdose hat Leben bekommen, sie piept . . .«

»Bei dir piept's, Oliver! Außerdem höre ich nichts. Hast du eine Maus eingesperrt?«

»Quatsch! Die Dose piept, ohne daß es jemand hören kann, das ist das große Wunder. Ich habe einen Minisender daraus gemacht. Das Piepen hört man nur elektronisch.«

»Kannst du nicht mal was Vernünftiges produzieren? Dauernd mußt du irgendwelchen Blödsinn bauen. Nachdem dein Minisender einmal Erfolg hatte, mußt du gleich ein halbes Dutzend neue basteln.«

»Nur zwei Stück, das reicht für einen Arbeitstag. Die Detektei Franziska muß mit ihren Hilfsmitteln topfit sein. Wozu bin ich der Techniker vom Verein? Siehst du deiner Puderdose etwa an, daß etwas ganz anderes aus ihr geworden ist?«

»Das allerdings nicht.«

»Klapp sie vorsichtig auf. Siehst du den winzigen Schalter? Ich meine das Häkchen, das ich aus einer alten Uhr ausgebaut habe. Wenn du den Schalter nach rechts drückst, dann ist der Sender in Betrieb. Schmuggelst du die Puderdose einer Dame in die Tasche, dann können wir leicht ihren geheimsten Schlupfwinkel ausfindig machen.«

»Du spinnst, großer Bruder, du spinnst heftig! Wenn du mal erwachsen geworden bist, dann lasse ich dich als verrückten Sonderling meistbietend versteigern.«

»Stimmt nicht. Du verteidigst mich mit Krallen und Zähnen, so ist das bei uns in der Familie. Außerdem schenke ich dir eine neue Puderdose, eine aus Silber, mit deinen Buchstaben eingraviert, zur ständigen Verfeinerung deines Aussehens.«

»Laß das, ich verurteile dein Vergehen milde.«

»Das zweite Ding ist eine Pillendose, ursprünglich dazu bestimmt, um auf der Reise Tabletten mitzunehmen.«

»Daraus hast du eine Bombe gemacht?«

»Falsch. Auch einen Minisender. Er funktioniert genauso wie die Puderdose. Mit diesen Dingern kann uns nie ein Gangster verlorengehen, begreift ihr das? So ein Ding ist das Ei des Kolumbus für einen Kriminalisten, es piept uns für die Verfolgung den richtigen Weg.«

»Wie wunderschön! Wir müssen uns also an den Gangster herandrängeln und ihm die Pillendose in die Tasche schieben, damit das funktioniert. Oliver, du bist nicht mehr zu retten.«

»Danke«, grinste Oliver, »es war mir eine Ehre.«

»Hier, futtere lieber die Erdbeertorte.«

Fern am Himmel über dem See zeigte sich ein finsteres Wölkchen, vielleicht als Vorbote eines kommenden Gewitters. Über dem Rasen des Hotelgartens spielten die Mücken. Selbst die Erdbeertorte schaffte Oliver noch.

Die elektronische Puderdose blieb achtlos und vergessen auf dem Tisch liegen.

Das Geheimnis des Tante-Emma-Ladens

Am Spätnachmittag fiel die Schwüle über das Land, der Wind schlief ein. Bäume und Sträucher rührten sich nicht mehr. Es war eine Stille vor dem Sturm.

Im Schatten des Sonnenschirms lag Petra in ihrem Liegestuhl und wischte sich ab und zu den Schweiß vom Gesicht. »Wenn das noch lange so weitergeht«, sagte sie, »dann laufe ich völlig aus. Was übrigbleibt, ist Dörrgemüse.«

»Ich hole Nachschub. Was sagt ihr zu eisgekühltem Orangensaft?« erkundigte sich Oliver. »Vornehme Detektive in guten Romanen trinken in solch einer Situation allerdings nur Gin-Tonic.«

»Ich bin kein vornehmer Detektiv, für mich bitte nur Selterswasser mit Kribbel drin.« Stefani war damit beschäftigt, Ansichtskarten zu schreiben. Damit machte sie sich bei ihren Freunden beliebt. »Was kann ich noch schreiben als bloß: Herzliche Grüße vom Chiemsee«, fragte sie. »Das sieht so monoton aus!«

»Hau einen Tintenklecks dahinter, gleich macht die Karte einen anderen Eindruck! Außerdem ist jeder Klecks verschieden«, riet ihr Bruder und verschwand eilig, um die Getränke zu holen.

Die schwarze Wolke auf der anderen Seite des Chiemsees war größer geworden, sie sah drohend aus und hatte gelbe Kämme, aber sie dachte nicht daran, Regen, Kühlung oder ein Gewitter zu bringen. Sie stand nur am Himmel herum und sah sich mit an, wie die Menschen unter der Hitze stöhnten.

»Mir ist so komisch«, meldete sich Petra, »so als ob irgend etwas passiert, etwas ganz Schlimmes, mit Donner und Blitz.«

»Dazu brauchst du keine Vorahnungen, sieh dir nur den Himmel an. Hilf mir lieber, schreib auch etwas auf die Postkarten. Es soll aber originell sein.«

Dabei steckte sich Stefani gedankenlos ihre ehemalige Puderdose in die schmale Tasche ihres Sommerkleides.

Als der Abend kam, wurde es ungewöhnlich schnell dunkel, die Gewitterwolke überzog den Himmel. Deshalb raffte Stefani ihre Postkarten zusammen.

»Ehe der Regen losgeht, bringe ich sie noch schnell zur Post«, sagte sie eilig.

Sie verließ den Balkon, ordnete sich flüchtig die Haare und musterte sich in einem Spiegel. Sie trug ein hellblaues, einfach geschnittenes Sommerkleid. Das paßte zu ihren blauen Augen und dem blonden Haar, das ihr duftig auf die braunen Schultern fiel.

»Du bist schön«, bestätigte ihr Bruder andächtig. »Und eitel bist du auch.«

»Ekel!«

Rums, flog die Zimmertür zu. Sie zitterte noch einen Augenblick in ihren Angeln. Das war das letzte, was Oliver und Petra für lange Zeit von Stefani hörten.

Als sie vor die Tür des Hotels trat, gingen gerade überall in dem Ferienort die Lichter an. Der Wind jaulte um die Ecken, zauste an den Bäumen und zerrte an ihrem blauen Kleid. Ein einziger Wagen preschte, wie von den Böen getrieben, vorbei.

Trotz des nahenden Gewitters verzichtete sie darauf, umzukehren und ihren Regenmantel zu holen. Die Postkarten in ihrer rechten Hand, marschierte sie los.

Die Straßen hatten sich schnell geleert. Niemand wollte eine kostenlose Gewitterdusche. Auf dem Parkplatz vor dem Stadthaus beeilten sich zwei Männer, ein Paket aus ihrem Wagen zu zerren. Einer davon war der zu klein geratene Tom Fandler, der Stefani schon im Hotelgarten aufgefallen war, aber sie erkannte ihn nicht; es war zu dunkel geworden. Der Deckel des Kofferraums klappte zu, die zwei Männer wuchteten eilends ihre Last durch die Straße.

Stefani dagegen bog nach rechts ab, erreichte die Post, warf ihre Karten ein und kaufte neue Briefmarken. Und weil eine alte Dame ihre Brille vergessen hatte, half ihr Stefani beim Ausfüllen einer Paketkarte.

Inzwischen liefen Tom Fandler und sein Freund Viktor — beide viel weniger elegant gekleidet als sonst — mit ihrer Last weiter. Im Schutz dunkler Häuserwände gingen sie in Richtung Marktplatz, dahin, wo sich die »Allgemeine Kreditbank« befand.

»Bei diesem Wetter hättest du den Wagen auch vor dem Tante-Emma-Laden halten lassen können«, brummte Viktor, als ihm der erste Regenschauer ins Gesicht fuhr. »Statt dessen schleppen wir das schwere Zeug durch die Gegend und verlieren nur Zeit.«

»Ich gehe kein Risiko ein, merk dir das.« Der rundliche Tom schüttelte mißbilligend den Kopf. »Wenn unser Ding klappt, haben wir für die nächsten zehn Jahre ausgesorgt. Entdeckt aber jemand durch Zufall unsern Wagen vor dem Tante-Emma-Laden, dann hat die Polizei eine Spur, und wir haben das Nachsehen.«

»Schon gut, das hast du mir bereits erklärt.«

Der Regen prasselte los und hüllte den Ort in Finsternis. Die beiden Männer wurden zu grauen Schatten und waren aus einigen Metern Entfernung nicht mehr zu erkennen. Der schmale Viktor schnaubte wie ein Walroß, so schwer fiel ihm der Gewaltmarsch. »Noch zwei Tage, dann ist es geschafft.«

Tom wischte sich das regennasse Gesicht mit einem Taschentuch ab. Das hatte wenig Sinn, denn Augenblicke später war es wieder pitschnaß.

»Ich stelle mir die Gesichter der Polizisten vor, wenn sie entdecken, daß der Safe aufgebrochen und das Geld verschwunden ist. Man hat so wenig Gelegenheit, dumme Polizistengesichter zu sehen.«

Bei diesen Worten erreichten die Männer das Haus mit dem Tante-Emma-Laden. Sie traten durch die Haustür ein und schlossen hinter sich ab. Vom Hausflur aus gelangten

sie durch den Hintereingang in den Laden. Weiter ging es zu einem Nebenraum, der als Büro gedient hatte und von dem eine Steintreppe in den Keller führte. In dem bewahrten früher die Eigentümer des Ladens ihre Vorräte auf. Was aber den beiden Dunkelmännern wichtig war: In diesem Keller gab es eine Wand, die genau parallel mit der verlief, die in der Bank zum Saferaum gehörte. Darauf kam es an.

Tom Fandler schaltete das Licht ein, denn unten waren alle Kellerfenster sorgfältig abgedunkelt. In dem Kellerraum befand sich bereits das Werkzeug, das die Männer in den letzten Nächten gebraucht hatten. Mit aller Vorsicht meißelten sie die Wand auf, entfernten Stein um Stein, weil sie die letzte Schicht der Ziegel zum Saferaum hin nicht erschüttern durften. Etwas abgebröckelter Putz oder ein kleiner Sprung mußte auf der anderen Seite Verdacht erregen.

Auch in dieser Nacht wollten sie die Arbeit fortsetzen. Vorher setzten sie allerdings das Schweißgerät zusammen, das sie herangeschleppt hatten. Das sollte in der Nacht vom Sonnabend zum Sonntag dazu dienen, den gutgefüllten Tresor zu öffnen. Für diese Arbeit hatte Tom Fandler die ausreichende Erfahrung. »Schränker« nennt man diese Leute in Ganovenkreisen.

»Zigarette?« fragte er und bot seinem Kumpel sein Päckcken an. »Die Vorbereitungen haben uns mehr als ein Vierteljahr gekostet, so vorsichtig bin ich noch nie an eine Sache herangegangen, aber das zahlt sich aus. Mehr als eine halbe Million wartet auf uns!«

Viktor Schenk nahm einen tiefen Zug aus der Zigarette. »Endlich ist es soweit! Nur dein Plan, in der Nähe des Tatorts wohnen zu bleiben, der gefällt mir nicht. So etwas kann immer zu Entdeckungen führen.«

»Im Gegenteil, du Narr! Manchmal wundere ich mich, daß so ein Dummkopf mein Partner ist. Wir haben schon seit einem halben Jahr das Haus am See gemietet und uns als reiche, unabhängige Leute, als Immobilienmakler, bekannt gemacht. Wir laufen piekfein herum, wir stinken direkt nach Geld. Wer Geld hat, der braucht keine Bank auszurauben, das weiß jeder, nicht nur die Polizei. Selbst der Herr Bürgermeister rechnet es sich als eine Ehre an, wenn ihn so honorige Leute wie wir besuchen. Deshalb fällt kein Schatten eines Verdachts auf uns. Wir müssen nur weiter so auftreten wie bisher, wohlhabend, unabhängig, leutselig, und dürfen keine Spuren hinterlassen.«

»Ich würde trotzdem lieber in München untertauchen.«

»So ein Blödsinn! Wenn du nach unserem Coup aus dem Ort verschwindest, dann ist das genauso, als ob du dir ein Schild umhängst, auf dem steht: Ich war's! Wer auffällt, wird von der Polizei sofort auseinandergenommen. Hauptsache, es sieht uns niemand hier im Haus.«

»Du hast natürlich recht.«

»Na endlich begriffen!«

Mit Hammer und Meißel löste Tom weiter Stein um Stein, um sich den Durchgang in den Kellerraum des Nachbarhauses zu verschaffen. Nur die letzte Schicht Steine durfte erst in der letzten Nacht fallen, aber das ging schnell, sobald sich jede weitere Vorsicht erübrigte und sie die Stätte ihres großen Coups für immer verlassen würden . . .

»Der Regen hört nicht auf, geh trotzdem nach oben und stell fest, ob die Luft rein ist!«

»Mach ich, Boß!« Viktor kletterte mit seinen schlenkernden Bewegungen die Kellertreppe hinauf. Er erreichte den Büroraum des alten Ladens, stieß mit dem Schienbein gegen eine leere Kiste, fluchte leise und öffnete dann die Tür zum Laden.

Wieso fiel vom Treppenhaus das Licht einer müden, alten Flurlampe herein? Hatte er aus Versehen vorhin den Schalter betätigt? Tom Fandler würde fluchen, wenn er das wüßte . . .

Inzwischen hatte Stefani die Paketkarte für die alte Dame ausgefüllt und verabschiedete sich eilig. Draußen rauschte unaufhörlich der Regen. Das Donnern des Gewitters warf in den engen Straßen ein polterndes Echo. Die Straßenlaternen beleuchteten große Pfützen.

Was blieb ihr anderes übrig, sie mußte schnell »drunter weg« laufen, wie Franziska zu sagen pflegte. Drunter weg, das hieß soviel wie mitten hinein in das Unwetter, egal, ob man bis auf die Haut naß wurde oder nicht. Nur rennen mußte man, damit noch ein paar Fäden trocken blieben.

Also rannte Stefani. Der Wind riß an ihrem Haar. Das Regenwasser lief ihr in den Nacken und den Rücken hinunter, schlug ihr in die Augen, daß sie kaum etwas sehen konnte, und ließ sie mitten in die Pfützen tappen. So ging das nicht weiter, in Minutenschnelle würde sie völlig durchweicht sein.

Zum Glück kam der alte Tante-Emma-Laden in Sicht. Der war geschlossen, aber die beiden alten Schwestern, mit denen sie sich während des vergangenen Urlaubs so nett angefreundet hatte, wohnten ja im ersten Stock. Bei denen konnte sie ja kurz mal vorbeischauen, sich abtrocknen und das Wetter abwarten.

Gedacht, getan. Die Haustür neben dem Laden stand offen. In der Dunkelheit suchte sich Stefani den Lichtschalter. Eine müde, verstaubte Flurlampe verbreitete Funzellicht.

»Sauwetter«, schimpfte Stefani laut, als das Regenwasser von ihr abtropfte und einen See am Boden bildete. In diesem Augenblick sah sie aus wie eine hilflos verregnete Katze.

Sie stieg die alte, hölzerne Treppe nach oben. Die Bohlen knarrten und das Geländer wackelte. Spinnweben zierten die Ecken. An der Wohnungstür der beiden alten Schwestern hing noch das Namensschild. Die Glocke schepperte müde. Eine Matte zur Säuberung der Schuhe, auf die die Schwestern so großen Wert gelegt hatten, gab es nicht mehr. Hinter der Wohnungstür blieb alles still. Mit der Aufgabe ihres Ladens hatten die Schwestern also auch die Wohnung gewechselt.

Was nun? Draußen goß es weiter in Strömen. Zögernd schritt Stefani die Treppe wieder hinab. Seltsam, die Hintertür zum Laden stand einen Spaltbreit offen. Sie führte in den ehemaligen Büroraum. Ob dort die beiden alten Damen etwa noch zu tun hatten?

In diesem Zimmer aber stand Viktor und schob Wache. In keinem Fall durften sie entdeckt werden, hatte ihm Tom eingeschärft — und nun kam jemand die Haustreppe abwärts! Hatte er geschlafen und nicht mitgekriegt, daß jemand das Haus betreten hatte — oder wohnte da etwa noch jemand, von dem sie nichts wußten? Ein Zittern überkam ihn. Sollten Monate mühsamer Arbeit vertan sein, für nichts und wieder nichts? Viktor sah sich bereits im Gefängnis . . .

Er griff nach einem Sack und wartete auf das, was da kam. Am liebsten hätte er Tom gerufen und ihn vorgeschickt, aber jedes Wort hätte ihn verraten. So auf sich selbst gestellt, erfaßte den langen Viktor eine Panikstimmung. Er würde sich von keinem die Tour vermasseln lassen, er nicht . . .

Da wurde von draußen gegen die Bürotür gestoßen. Viktor hielt die Luft an. Gleichzeitig rumpelte unten im Keller Tom mit den Steinen — einen Polizisten müßte das sofort stutzig machen! Ein Polizist?? Viktor war zu allem entschlossen . . .

Da kam jemand in den Raum und tastete nach dem Lichtschalter. Viktor sah nur einen Schatten gegen die schwache Helligkeit im Treppenhaus. Das war der Augenblick der Entscheidung. Wild entschlossen stülpte er den offenen Sack über den unbekannten Schatten, das klappte wie am

Schnürchen. Gleich kam er sich als Sieger vor. Energisch stieß er die in den Sack gehüllte Gestalt um. Die fiel mit dem Kopf gegen die Wand, plumpste zu Boden und rührte sich nicht mehr.

Das war zuviel! So weit hatte Viktor nicht gehen wollen. »Hallo, Tom, hier oben ist was los!« rief er.

Fandler hörte sofort mit seiner Arbeit auf und zischte: »Leiser sein, du Esel, wenn da oben was los ist!«

»Komm rauf, ich hab den Burschen schon gefaßt.«

»Was hast du? Ich höre wohl nicht richtig?«

»Doch. Er liegt am Boden und rührt sich nicht mehr.«

Entsetzt flitzte Tom Fandler die Kellertreppe hinauf und sah das Bündel auf der Erde liegen. »Du Narr, das ist eine Frau. Was hast du mit ihr angestellt?«

»Nichts. Ich wollte ihn nur unschädlich machen.«

»Du bist ein Ausbund von Intelligenz! Ist sie tot?« Fandler zerrte an dem Sack, eine Wolke von Staub stieg auf und ließ ihn husten. Endlich kam Stefanis Kopf zum Vorschein und das hübsche, blonde Haar, das jetzt voller Schmutz war. Sie hatte die Augen geschlossen und rührte sich nicht.

Mit einer Taschenlampe leuchtete ihr Tom Fandler ins Gesicht. »Sieh dir das Mädchen an!« sagte er wütend.

Entsetzt starrte Viktor auf die leblose Gestalt. »Das — das habe ich nicht gewußt . . . Aber ich konnte die Person ja gar nicht erkennen!«

»Kennst du sie jetzt?«

»Nein — du vielleicht?«

»Dieses Mädchen heißt Stefani und stammt aus der Detektei Franziska in München. Die haben mir schon mal nachspioniert. Ist dir klar, was das bedeutet?«

Viktor versuchte einen Witz. »So jung und schon so gefährlich! Kannst du mir verraten, wie das Mädchen ausgerechnet nach hier gekommen ist?«

»Woher soll ich das wissen?«

»Meinst du, sie ist hinter uns her?«

»Ich meine überhaupt nichts — ich sehe nur, daß wir in einer Zwickmühle stecken. Wenn wir sie jetzt wieder freilassen, ist unser Plan im Eimer. Wir müßten sie bis übermorgen aus dem Verkehr ziehen . . .«

»Du glaubst also nicht, daß ihr etwas zugestoßen ist?«

»Quatsch. Die kommt gleich wieder zu sich. Hat sie dich erkannt, bevor sie das Bewußtsein verloren hat?«

»Bestimmt nicht. Ich stand ja im Dunkeln. Außerdem hat sie den Sack über den Kopf gekriegt, bevor sie sich zu mir umdrehen konnte.«

»Wenigstens ein Lichtblick — dann kann sie später keinen Schaden mehr anrichten. Schnell, den Sack, sie wacht wieder auf! Stopfe ihr erst einen Lappen in den Mund.«

»Und dann?«

»Frag nicht so dumm. Deine Panik macht uns nur doppelte Arbeit. Wir schaffen die Kleine in den Außenkeller unseres Hauses, und dann kommen wir wieder her, um unsere heutige Nachtarbeit noch zu schaffen. Beeil dich!«

Zwei Dunkelmänner

Als das erste Grummeln des Gewitters über den See klang, hätte Stefani längst wieder im Hotel »Seeblick« sein müssen. Bald darauf fielen die ersten, schweren Tropfen. Der Wind wurde kräftiger, die Böen peitschten den Regen auf den Balkon, und dann brach das Gewitter mit aller Kraft los.

Eilig brachte Petra die Tischdecke und den Sonnenschirm in Sicherheit. »Wo Stefani nur bleibt? Ob ihr etwas passiert ist?«

»Unsinn, Stefani ist kein Kind mehr. Sie wird sich irgendwo untergestellt haben. Bei diesem Wasserspektakel wäre sie sonst pitschnaß.«

Oliver stellte sich in eine Ecke des Balkons, da wo ihn der Regen nicht erreichte, und blickte interessiert auf das Toben des Unwetters, auf die Blitze, auf den See, auf dem sich aufgeregte Wellen zeigten, und zu den Wolken, die schwarz und drohend über den Himmel jagten.

Warum telefonierte Stefani nicht, wenn sie irgendwo Unterschlupf gefunden hatte? Warum benutzte sie nicht die Pause, die das Unwetter eingelegt hatte, um schnell zum Hotel zurückzulaufen? Verstört gab Petra ihren Gedanken Ausdruck:

»Es muß etwas passiert sein, Oliver. Vielleicht hat sie sich den Fuß gebrochen, oder sie ist ins Wasser gefallen . . .«

»Spinnst du? Die Post liegt zweihundert Meter vom See entfernt. Oder badest du in der Post und steckst deine Briefe ins Wasser?«

»Albernes Würstchen! Ich mache mir Sorge. Warum kommt Stefani nicht, bitte, erklär mir das.«

Oliver biß sich auf die Lippen. Er wußte selber keine Antwort darauf. Ihm war nicht wohl in dieser Ungewißheit. Einfach fortzubleiben, das paßte nicht zu Stefani.

Mit doppelter Wucht kehrte das Unwetter zurück. Damit kam die Angst, erst ganz geheim und wortlos, weil es dumm war, Furcht zu zeigen. Weil mit Furcht allein nichts zu helfen war.

»Ich hole meinen Regenmantel und suche meine Schwester«, sagte Oliver plötzlich heiser, »es hat keinen Sinn mehr, auf sie zu warten.« Damit stürzte er aus dem Zimmer und lief über den Gang des Hotels.

Als er zurückkam, erwartete ihn Petra vor dem Zimmer der Mädchen. Sie hatte sich einen roten »Friesennerz« übergezogen und sich die Kapuze über das karottenrote Haar gestülpt. »Ich komme mit. Es ist sehr dunkel geworden, ich habe eine Taschenlampe dabei.«

Ohne weitere Worte zu wechseln, liefen beide die Treppe des Hotels hinunter. Auf der Straße fiel sie der Regen mit Wucht an. Im Schutz des Schuppens neben dem Haus standen die drei Mofas mit ihren blauen Wimpeln. Über den Bürgersteig rann das Wasser.

»Zuerst gehen wir zur Post«, schlug Oliver vor. »Vielleicht hat sie sich dort untergestellt.«

Im Gleichschritt liefen sie nebeneinander her. Die Straßen, durch die sie kamen, waren menschenleer. Manchmal ließ Petra die Taschenlampe aufblitzen, um in einen Hausflur zu leuchten oder in das Wartehäuschen für den Autobus. Dann standen sie vor der Post.

Der Beamte hinter dem Schalter erinnerte sich gut an Stefani, er erinnerte sich, daß sie einer alten Dame geholfen hatte, und dazu hatte sie längere Zeit gebraucht. Aber danach hatte sie sich nicht weiter aufgehalten, sie hatte sich beeilt, wegzukommen.

Also?

»Das heißt, Stefani ist überfallen worden«, erregte sich Petra. »Siehst du noch eine andere Möglichkeit?«

»Tausende — aber nie im Leben einen Überfall. Du hast zu viel Phantasie!«

»Was sollen wir also tun? Den Weg, den Stefani kommen mußte, haben wir abgesucht. Ohne Erfolg.«

Die beiden verließen die Post. Draußen tobte das Unwetter wie vorher, der Wind schlug ihnen die Nässe ins Gesicht. Der Lärm des Gewitters polterte zwischen den Häuserwänden, es klang wie ein Spiel mit leeren Bierfässern auf Kopfsteinpflaster.

»Wir gehen zur Polizei. Vielleicht hatte Stefani einen Unfall. Ja, das wird es wahrscheinlich sein.«

Ein Wagen planschte vor ihnen durch die Pfützen, er spritzte das Wasser fast bis an die Häuserwände. Es war das Auto von Tom Fandler. Viktor Schenk versuchte gerade, die von innen beschlagenen Scheiben klar zu wischen. Das Bündel, das auf dem Rücksitz lag, war nicht zu erkennen. Aber die Kinder suchten Stefani, also interessierte sie der Wagen nicht.

Wenige Minuten später standen sie schon vor dem grauen Haus, über dem mit Leuchtschrift das Wort »Polizei« die Umgebung erleuchtete. Es wirkte wie ein Hort der Ruhe, des Schutzes. Als Petra und Oliver die Amtsstube betraten, schlug ihnen die darin aufgespeicherte Schwüle des Tages entgegen.

»Keine Sorge«, sagte der diensttuende Beamte, nachdem er sich die Meldung angehört hatte: »Ein Überfall ist bei uns nicht gemeldet worden, so was ist hier seit Ewigkeiten auch nicht mehr passiert. Und ein Unfall läßt sich schnell feststellen. Wartet mal!«

Ohne Eile zog er das Telefon zu sich heran und wählte die Nummer des zuständigen Krankenhauses. Inzwischen rann von Petras Friesennerz das Wasser herunter. Sie stand in einer Wasserlache, die sich auf dem Boden der Polizeistube gebildet hatte.

»Nichts«, verkündete der Polizist, als er den Hörer auflegte, »ihr könnt ohne Sorgen sein, eure Stefani wurde nicht eingeliefert, es ist ihr also nichts passiert. Ein anderes Krankenhaus kommt in unserer Region nicht in Frage.«

»Also muß sie doch entführt worden sein«, meinte Petra resignierend.

»Ein sechzehnjähriges Mädchen? Das gibt es nicht. Ihr seid nicht in München oder in Hamburg. Es lohnt sich nicht, bei uns einen Urlauber zu entführen. Oder ist eure Stefani die Tochter eines Multimillionärs?«

»Wo denken Sie hin?«

»Was macht ihr euch also für Gedanken? Eure Stefani hat gewiß eine Freundin getroffen und feiert irgendwo, so ist das immer bei uns. Die Polizei greift erst ein, wenn ernstere Verdachtsgründe vorliegen.«

In neunundneunzig von hundert Fällen war das richtig, abhanden gekommene Personen fanden sich stets wieder ein. Mit läppischen Ausreden begründeten sie dann ihre Abwesenheit und verschwiegen das kleine Abenteuer, dem sie nachgegangen waren.

»Bei Stefani ist das unbedingt anders«, behauptete Oliver entschieden, »uns brauchte sie nichts vorzumachen.«

Der Polizeibeamte lächelte nur freundlich zu dieser Behauptung.

Von der nächsten Telefonzelle aus rief Petra in München bei Franziska an und meldete ihr, was geschehen war.

Nachdem Tom Fandler und sein Freund Viktor ihre Gefangene fortgeschafft hatten, kehrten sie kaum eine Stunde später zu dem Tante-Emma-Laden zurück, um die für diese Nacht vorgesehene Arbeit zu bewältigen. Dabei störte sie das Poltern des Gewitters nicht, das gedämpft bis in den Keller drang.

Noch bevor die Sonne aufging, verschwanden sie wieder, huschten an den Häuserwänden entlang, sich stets im Schatten haltend. Das klappte wie gewohnt.

Zufrieden sahen sie ihr Auto naßgeregnet und verlassen auf dem Parkplatz stehen. Sie schlossen die Türen auf, starteten ihren Wagen und fuhren davon.

Sie hatten es nicht weit. Nach gut zehn Minuten erreichte das Auto die altertümliche Villa am Seeufer, die dort einsam und von Wald umgeben ein stilles Dasein führte. Seit Jahren hatte das Haus zum Verkauf oder zur Vermietung gestanden, ehe Tom Fandler seine Ideen entwickelt und einen Mietvertrag abgeschlossen hatte. Der Mietzins lag niedrig, denn die neuen Mieter mußten erhebliche Renovierungsarbeiten ausführen lassen.

Zum Erstaunen seines Komplizen hatte Tom auch sofort damit begonnen. Die Handwerker des Ortes hatten damit zu tun bekommen. So erfuhren alle, daß die neuen Mieter, die Immobilienmakler Tom Fandler und Viktor Schenk, honorige Herrschaften waren, die ihren Verpflichtungen pünktlich nachkamen und deshalb außerhalb jeden Zweifels standen.

Diese beiden eleganten Herren sollten sich etwa darauf verstehen, mit einem Schweißbrenner umzugehen? Das wäre lächerlich! Die beiden machten sich nicht die Finger schmutzig, das hatten die gar nicht nötig! Außerdem verstanden sie handwerklich überhaupt nichts, keinen Funken; nicht einmal einen Nagel konnten sie einschlagen. Diese Tatsache war keinem der Handwerker entgangen, die die Renovierungsarbeiten ausführten . . .

Genau diesen Ruf hatte sich Tom Fandler gewünscht.

»Wir müssen unserer Gefangenen ein Frühstück hinstellen«, sagte er jetzt, »das sollten wir tun, solange es dunkel ist. Es ist wichtig, daß uns das Mädchen nicht erkennt. Begleite mich für den Fall, daß sie wach geworden ist und zu flüchten versucht.«

In der Küche ihres Hauses stellten die beiden Männer Brot, Butter und Konfitüre auf ein Tablett, dazu eine Flasche Selterswasser aus dem Kühlschrank. Damit verließen sie ihr Haus, hinter dem ein Berg recht steil anstieg. In diesen Berg hatte der frühere Hausbesitzer einen Stollen getrieben, in dem es kühl war und in dem er deshalb seine Lebens-

mittelvorräte aufzubewahren pflegte. Dieser Stollen war mit einer festen Bohlentür verschlossen und bot deshalb den sichersten Platz für die Unterbringung eines Gefangenen.

Die gleichmäßigen Atemzüge, die hinter der Tür zu hören waren, überzeugten die Gangster davon, daß Stefani vor Übermüdung auf der Luftmatratze eingeschlafen war, die Viktor Schenk noch am vergangenen Abend in den Stollen geschafft hatte.

Es quietschte, als Tom den Schlüssel in dem eisernen Vorhängeschloß drehte. Die Tür öffnete sich. Tom war auf einen Überraschungsangriff vorbereitet, Stefani würde keine Chance haben. Aber es ereignete sich nichts. Nur die Atemzüge waren nun deutlicher zu hören.

Sicher geworden, holte Tom eine Taschenlampe aus seiner Jacke. Jetzt sah er die Gefangene, sie schlief mit offenem Mund. Eine dünne Decke hatte sie sich bis unter das Kinn gezogen.

Viktor Schenk stellte das mitgebrachte Tablett auf den Boden, dann zogen sich die Männer wieder zurück. Als sie zusammen in ihr Haus gingen, kam gerade der erste Sonnenstrahl des neuen Tages über den Horizont.

Der Minisender spielt nicht mit

Kurz vor Mitternacht hatte Petras Anruf in München Franziska aus dem Bett aufgeschreckt. Hastig kleidete sie sich an. In Grünwald war von einem Gewitter nichts zu spüren, der sternenübersäte Nachthimmel hing friedlich über der Stadt.

Er beruhigte Franziska nicht. Sie fand keine Erklärung für das, was Stefani zugestoßen sein konnte. Sollte es sich wirklich um eine Entführung handeln? Ihre Erfahrungen sträubten sich gegen diese Annahme. Erpresser suchten sich andere Opfer aus. Kam ein Racheakt in Frage? Das war völlig abwegig.

Unruhig kletterte sie in ihren Wagen und schlug den Weg zur Autobahn ein. In der Stadt war kaum Verkehr, auf der

Autobahn änderte sich die Situation schlagartig. Militärkolonnen waren unterwegs. Dazwischen steckten die schweren Brummis, die Fernlaster, die sich gegenseitig zu überholen versuchten.

Mühsam zügelte Franziska ihre Unruhe. Ihre Gedanken malten ihr erschreckende Bilder vor die Augen. Damit kam die Angst. Die hatte sie um sich selbst nie empfunden, um so schlimmer war sie, weil es sich um ihre Tochter handelte.

Kurz hinter Rosenheim machten sich die Ausläufer des Gewitters bemerkbar, das am Abend und in der ersten Nachthälfte über dem Chiemsee getobt hatte. Den Rest des Weges hüllten Regenschauer das Auto ein. Erst als sie sich dem Ferienort näherte, klarte der Himmel auf.

Der Wagen erreichte das Hotel, in dem die Kinder einquartiert waren. Vor dem Eingang des Hauses erwarteten Petra und Oliver den weißen Mercedes. Sie sahen abgespannt und verstört aus.

»Wir haben den Ort die ganze Nacht über abgesucht«, informierte sie Oliver, »aber von Stefani keine Spur gefunden. Die Polizei sagte uns . . .«

»Das ist mir klar. Ihr habt Vermißtenanzeige erstattet, aber die Beamten erwarten einen der üblichen Fälle. Sie glauben, daß Stefani morgen oder übermorgen wieder auftaucht.«

»Genauso ist es.«

»Das scheidet bei Stefani mit Sicherheit aus, darüber sind wir uns klar. Deshalb berichtet mir in Ruhe alles genau, was sich ereignet hat. Wo können wir uns ungestört unterhalten?«

Zuerst krochen Petra und Oliver in den Wagen. Später, als sich die Sonne funkelnd über dem See erhob, gingen alle in den Garten des Hotels und setzten sich dort an einen der weißen Tische.

Bei dem Gespräch kam nichts Neues heraus. Es war herzlich wenig, was sie über das Verschwinden Stefanis wußten.

»Also keinerlei Anhaltspunkte«, stellte Franziska endlich heiser fest.

»Doch«, sagte Petra plötzlich, »mir ist etwas aufgefallen.«

»Sag schon!«

»Oliver hat uns gestern zwei Minisender gezeigt, und deswegen haben wir ihn ausgelacht.«

»Weiter, weiter!«

»Einer davon war in Stefanis Puderdose eingebaut. Die ist jetzt weg. Ich glaube, daß sie Stefani unbewußt eingesteckt hat, bevor sie ging, ja ich bin fast sicher. Wenn sie also entführt wurde . . .«

»Das ist sie«, unterbrach Franziska hart.

»In diesem Fall wird sie Olivers Piep-Sender einschalten, um uns zu ermöglichen, sie zu finden.«

»Das stimmt. Sie müßte die Puderdose in die Tasche ihres blauen Kleides gesteckt haben, bevor sie die Karten zur Post brachte. Zuletzt habe ich sie gesehen, wie sie vor dem Spiegel stand.«

»Das könnte uns helfen. Zögern wir nicht, suchen wir die Umgebung nach dem Piepton ab. Ich halte es nicht für wahrscheinlich, daß Stefani in ein weit entferntes Versteck gebracht worden ist.«

Als Franziska aufsprang, merkten die Kinder zum ersten Mal, wie sehr die Situation die Mutter mit Angst erfüllte. Mit unruhigen Händen fuhr sie sich durch das dunkle Haar: »Ich verstehe nicht, welche Motive es für eine solche Tat geben sollte.«

»Uns ist das auch rätselhaft«, bestätigte Oliver.

Kurz darauf verließ der weiße Mercedes den Ferienort. Oliver verband sein Funksprechgerät mit der kreisrunden, drehbaren Spezialantenne auf dem Dach des Wagens und schaltete auf Empfang. »Ich nehme die Kopfhörer, damit mir nichts entgeht, und drehe den Empfänger voll auf.«

Petra hockte auf den Rücksitzen und kramte sich ein Fernrohr hervor. Sie verbarg ihre Unruhe, so gut es ging, nur ihre Stimme klang belegt. »Hörst du schon etwas, Oliver«, fragte sie.

»Nichts! Fahr zu, Franziska, vielleicht stören die umliegenden Hügel den Empfang.«

Der Wagen rollte über die Landstraßen, und die Zeit verstrich. Der Minisender meldete sich nicht, gleichgültig, ob sie über eine Hügelkette fuhren oder sich durch Täler schlängelten. Unermüdlich schwenkte Oliver seine Antenne nach allen Seiten. Rote Flecke der Erregung zeichneten sein Gesicht.

Ganz plötzlich fuhr er auf: »Halt!«

Franziska trat hart auf die Bremse.

»Der Ton war da«, meldete Oliver aufgeregt, »ganz plötzlich und klar! Genauso schnell verschwand er wieder. Bitte, zwanzig Meter zurücksetzen! Ich verstehe das nicht, es kann doch keine elektronische Abschirmung zwischen uns und dem Sender bestehen.«

Das Auto setzte zurück.

Die Antenne auf dem Dach des Wagens drehte sich vorsichtig.

»Da ist er wieder! Der Ton kommt vom See her.« Olivers Stimme überschlug sich. »Gib mir die Karte, Petra, ich zeichne die Richtung ein, aus der der Ton kommt.«

Er setzte die Kopfhörer ab. Das Piepen tönte jetzt unüberhörbar aus dem Lautsprecher.

»Wir sind nur zwei Kilometer vom Ufer entfernt, wahrscheinlich sind die Berge daran schuld, daß der Ton nicht lauter empfangen wird. Oder Stefani befindet sich in einem Boot auf dem See.«

Das stellte ein neues Problem dar. Da es keine Querstraße gab, über die das Auto zum Ufer kommen konnte, würde man einen größeren Bogen in Kauf nehmen müssen.

»Ich höre nichts mehr«, rief Petra in diesem Augenblick.

Richtig, der Piepton war so überraschend verschwunden, wie er aufgetaucht war.

»Welchen Grund gibt es dafür?« fragte Franziska mit mühsamer Beherrschung.

»Vielleicht mußte Stefani den Sender in den See werfen . . . Oder das Ding hat einen Fehler. Das wird es sein, sicher ein Kontaktfehler.«

War das einleuchtend?

»Wir wissen also, in welchem Gebiet sich Stefani befinden muß«, sagte Franziska energisch. »Das bedeutet, daß wir uns ein Motorboot mieten und die fragliche Strecke des Ufers absuchen.«

»Dafür kommen gut gerechnet nur zwei Kilometer in Frage. Der Winkel, zwischen dessen Enden wir suchen müssen, verbreitert sich natürlich mit der wachsenden Entfernung.«

Franziska wendete und fuhr zum Bootshaus. Dort herrschte fröhliches Treiben. Ein halbes Dutzend Segelboote wurde startklar gemacht. Junge Leute liefen hin und her, riefen sich Scherzworte zu und beluden ihre Schiffchen. Die Segel knallten. Eine helle, unschuldige Sonne schien von dem gleichen Himmel, an dem gestern abend das Gewitter gestanden hatte.

Es dauerte eine Zeit, ehe das Motorboot für die Hiltorfs bereit war. Franziska setzte sich ans Steuer. In einem kleinen Bogen verließ das Schiffchen den Steg. Die Fahne am Bug flatterte. Funkelnde Wellchen kräuselten sich am Heck. Das Boot suchte den Uferstreifen auf, den Oliver in die Karte eingezeichnet hatte.

»Der Piepton ist wieder da, lauter und deutlicher als vorher«, sagte er erleichtert. »Jetzt fragt es sich nur, ob er vom

Land oder von See her kommt. Mir fehlt hier die Richtantenne, die wir am Auto haben.«

Ein bisher unbekanntes Jagdfieber machte sich bemerkbar. Jeder fühlte, daß die Lösung denkbar nahe lag. Während Franziska das Ufer im Auge behielt, suchte Petra mit dem Fernglas die Boote ab, die sich auf dem Wasser befanden. Verdächtiges fiel ihr dabei nicht auf.

Das Ufer glitt vorbei. Kühe grasten friedlich auf einer Weide. Dahinter kam Wald. Er reichte bis an das Wasser heran. Für einen Augenblick öffnete er sich, ein gepflegter Garten wurde sichtbar und an seinem Ende ein hübsches, altes Haus. Von dem Garten führte ein Steg ins Wasser.

»Was schätzt du, wie groß ist jetzt die Entfernung bis zu unserem Minisender?« fragte Franziska.

»Schwer zu sagen. Der Ton ist sehr deutlich, der Sender bewegt sich nicht. Das heißt, Stefani muß sich an einem festen Platz befinden.«

»Also fahren wir weiter«, überlegte Franziska, »bis der Ton schwächer wird. Dann können wir schätzen, wo der Mittelpunkt des Signals liegt und wo wir weitersuchen müssen.«

Das Motorboot glitt an dem alten Villenhaus vorbei. Zwei Männer standen vor dem Gebäude und blickten zum See. Petra richtete ihr Glas auf sie:

»Das sind zwei superelegante Pinsel, wenn ihr mich fragt«, kommentierte sie respektlos, »die Eleganz ist zusammengesucht und nicht natürlich. Einer ist klein und dick, er starrt zu uns herüber, als ob er unseren Besuch erwartet. Sollen wir ihn mal nach Stefani fragen?«

»Zuerst ist es wichtig, den Punkt ausfindig zu machen, an dem unser Piepton am stärksten zu hören ist.«

Also fuhren sie weiter. Das Haus verschwand hinter dem Wald, der sich wieder bis zum Ufer hinabzog.

»Jetzt bin ich sicher«, erklärte Oliver, »das Signal kommt nicht vom See, es gibt kein verdächtiges Boot in der Nähe. Stefani muß sich also in einem Versteck an Land befinden.«

Am Ufer hatte das Auftauchen des Motorbootes mehr Aufmerksamkeit erregt, als nötig war. Zuerst war Petra mit ihren karottenroten Haaren aufgefallen und dem Fernglas, mit dem sie sich intensiv beschäftigte, dann Franziska, deren Gesicht Tom Fandler nicht unbekannt war. »Wir müssen das Mädchen fortschaffen. Hast du die Leute in dem Motorboot erkannt?«

»Ich kenne niemanden.«

»Die mit den roten Haaren müßte die Freundin von Stefani sein. Am Steuer saß wahrscheinlich die Frau von der Detektei Franziska. Weiß der Teufel, wie die hierhergefunden haben.«

»Es muß uns jemand beobachtet haben.«

»Unsinn, dann hätten wir längst die Polizei auf dem Hals. Aber ich täusche mich nicht, die drei werden zurückkommen und bei uns schnüffeln. Ich weiß ein besseres Versteck für unsere Gefangene, wir bringen sie in die Fabrik.«

Nachdem der Plan gefaßt war, gingen sie sofort an seine Ausführung. Die Männer holten sich eine Decke. Als sie die Tür zu Stefanis Gefängnis öffneten, flutete helles Tageslicht in die Dunkelheit des Raumes und blendete das Mädchen. Bevor sie jemanden erkennen konnte, steckte ihr Kopf in der Decke. Die Männer hoben sie hoch, schleppten sie ein Stück und schoben sie dann auf die Rücksitze eines Autos. Der eine setzte sich neben sie, der andere fuhr. Das gelbe Auto entfernte sich in höchster Eile.

Das hatte Folgen für den Empfang des Minisenders. »Das Signal wird leiser, merkst du das nicht?« sagte Petra.

»Ja, das geht ungewöhnlich schnell.« Hastig griff Oliver nach seinen Kopfhörern. »Wir müssen umdrehen.«

Das Boot beschrieb einen möglichst engen Bogen. So kam es näher an eine Bucht heran, die der See bildete. Die Urlauber schienen diesen idyllischen Platz noch nicht entdeckt zu haben. Zwei Schwäne reckten neugierig ihre Hälse.

»Das Signal wird von Moment zu Moment leiser, ich fürchte, daß mit dem Sender etwas nicht in Ordnung ist.«

Nach wenigen Minuten gelangte das Motorboot auf die Höhe des alten Hauses, dahin, wo sie die Töne des Minisenders am lautesten vernommen hatten. Franziska steuerte auf den Bootssteg zu. »Wir erkundigen uns«, sagte sie, »haltet inzwischen die Augen offen.«

Während Petra das Boot am Steg festmachte, meldete Oliver enttäuscht: »Das Signal ist weg! Ich höre nichts mehr. Das kann nicht mit rechten Dingen zugehen.«

Franziska schwang sich auf den Steg. Oliver hängte sich das Funkgerät an dem Tragriemen über die Schulter und sprang mit einem Satz herüber. Die Bretter des Steges klapperten unter seinen Füßen. Die beiden Männer, die vor dem Haus gestanden hatten und von denen sie Auskunft erhofften, waren nicht mehr zu sehen.

»Die sind wohl verduftet«, meinte Oliver respektlos. »Das finde ich merkwürdig. Haben wir ihnen etwa einen Schrecken eingejagt?«

Neben dem Steg gab es ausgeblühte Fliedersträucher. Dann kam eine breite, gut gepflegte Rasenfläche mit hübsch angelegten Blumenrabatten. Während die Hiltorfs zum

Haus hinaufgingen, knirschte der frisch gestreute Kies des Weges unter ihren Füßen. Sie erreichten das Haus und den Haupteingang, der sich durch eine dunkle, geschnitzte Tür bemerkbar machte.

Franziska drückte die Klingel, die sich neben der Tür in der Mauer befand. Ein Zwei-Ton-Gong wurde hörbar, zwei tiefere Töne, die längere Zeit in der Luft hängen blieben.

Niemand öffnete.

Kurz hinter dem Haus stieg der Berg steil an, er war mit grünen Sträuchern bewachsen. Ein Stück höher gab es Kiefernwald.

Oliver lauschte erneut auf seinen Minisender. Das erhoffte Signal meldete sich nicht. »Hier, in einem Umkreis von einem Kilometer, müßte sich Stefani aufgehalten haben. Es kann sein, daß mir die Berge Empfangsschwierigkeiten gebracht haben, als wir von der Straße aus das Signal suchten. Jetzt ist Stefani jedenfalls fort und wahrscheinlich auf der anderen Seite des Berges. Wir brauchten zwei Autos, um den Ort einzukreisen, an dem sie sich befindet!«

»Es vergehen Stunden, ehe uns die Polizei einen ihrer Wagen nach hier schicken kann, bis dahin müssen wir versuchen, alleine auszukommen.« Franziska klingelte nochmals.

Wieder öffnete niemand.

»Die Garage und das Tor zur Einfahrt stehen offen«, bemerkte Petra, »die Männer sind also ausgeflogen.«

Von der halben Höhe des Berges klang fröhliches Gelächter herunter. Dort befand sich ein Zeltlager.

Gerade als die Hiltorfs unverrichteter Sache zu ihrem Boot zurückgehen wollten, bog der gelbe Opel in die Wagenauffahrt ein, und die beiden eleganten Männer, die Petra mit dem Fernrohr beobachtet hatte, stiegen aus.

Sie öffneten den Kofferraum ihres Autos und holten einen Kasten Bier heraus. »Hallo, wir haben Gäste«, sagte kurz darauf der eine von ihnen und blickte erstaunt auf: »Guten Tag! Ich bin Tom Fandler. Wollen Sie zu mir? Das hier ist mein Freund Viktor Schenk. Was können wir für Sie tun?«

Er machte einen sprachgewandten, liebenswürdigen Eindruck, ganz im Gegensatz zu seinem Freund Viktor, dessen Augen einen tückischen Blick hatten.

Mit der gleichen Liebenswürdigkeit fuhr Tom Fandler fort: »Ich bedaure, daß Sie einen Augenblick auf mich warten mußten, wir haben uns gerade Bier geholt.«

»Vielleicht können Sie uns helfen«, antwortete Franziska. »Wir suchen ein junges, blondes Mädchen, das seit gestern abend verschwunden ist.«

»Das soll beim Urlaub gelegentlich vorkommen.« Tom Fandler versuchte, die Sache mit einem Achselzucken herunterzuspielen. »Vielleicht ist sie auf Entdeckungsreisen gegangen? Wieso kommen Sie gerade zu mir?«

»Weil . . .« Franziska stockte. Es war besser, sie behielt die Sache mit dem Minisender für sich. »Weil wir bestimmte Hinweise bekommen haben, daß sich das Mädchen hier in der Nähe befindet.«

»Wir haben leider nichts gesehen, wer verirrt sich schon in unser Haus? Vielleicht fragen Sie oben im Zeltlager nach, da gibt es zwei oder drei Dutzend Mädchen.«

»Dort oben?«

»Nehmen Sie den gewundenen Trampelpfad, der genau vor meinem Grundstück beginnt, der bringt Sie zum Zeltlager.«

Was gab es da noch zu fragen? Nach dem Piepton des Minisenders zu urteilen, war Stefani längst fort. Zeitlich fiel das zusammen mit der Abfahrt von Fandler und Schenk zum Bierholen — das konnte ein blanker Zufall sein, aber der gab doch zu denken.

»Vielen Dank, wir werden im Zeltlager nachfragen.«

»Dazu wünsche ich Glück!« Tom bemühte sich, seiner Stimme einen anteilnehmenden Tonfall zu geben. Dann sah er den Hiltorfs nach, wie sie den gewundenen Trampelpfad in die Höhe stiegen.

»Was sagst du dazu?« fragte Viktor ängstlich, als er mit seinem Komplizen allein war.

»Ein Glück, daß wir das Mädchen schnell genug von hier fortgebracht haben.«

»Wieso kamen die drei ausgerechnet auf uns, genau auf uns? Es muß uns jemand beobachtet haben!«

Toms wäßrige Augen wurden dunkel. »Muß ich dir alles zweimal beantworten, he? Für diesen Spürsinn gibt es nur eine Möglichkeit. Hast du das Funksprechgerät gesehen, das der Junge über der Schulter trug?«

»Ein gutes Gerät.«

»Es ist auch gut dazu, einen Minisender abzuhören. Die Kleine müßte so ein Ding besitzen.«

»Was ist das?«

»Frag nicht so dumm, davon verstehst du nichts.«

»Ich will es aber wissen.«

»Nervensäge! Das sind so kleine Dinger, wie sie die Kriminalpolizei verwendet. Sie senden elektronische Signale aus, die sich mit bestimmten Geräten empfangen lassen. Von einem Polizeiauto aus läßt sich sogar noch die Richtung bestimmen, aus der die Signale kommen.«

»Dann sind sie uns auf den Fersen! Hätte ich nur das Mädchen nicht angerührt!«

»Laß dein Jammern, dafür ist es jetzt zu spät. Wir müssen uns sofort um den Minisender kümmern, den das Mädchen besitzen muß. Wenn wir das Ding fortwerfen, meinetwegen ins Wasser oder sonstwohin, dann sind wir aus dem Schneider.«

Die Männer liefen zu ihrem Wagen, starteten eilig und verschwanden.

Zwei Männer mit Strumpfmasken

Mit vorsichtigen Schritten tastete sich Stefani durch den dunklen Stollen, als sie nach einer unruhigen Nacht erwacht war. Sie entdeckte das Frühstück, das ihr die Gangster hingestellt hatten. Das war wenigstens etwas. Sie aß, so gut es ging, stellte fest, daß es kaum Aussichten für eine Flucht gab, und fand schließlich die Puderdose in ihrem Kleid, die Oliver in einen Minisender umfunktioniert hatte. Damit stieg ihr Wohlbefinden beträchtlich. Sie stellte den kleinen Schalter, den ihr Oliver gezeigt hatte, auf Betrieb und fand damit ihre eigene Sicherheit wieder.

Leider wurde sie von den Ereignissen gegen Mittag überrumpelt. Als sie eilige Schritte hörte, fand sie gerade noch

Zeit, den Minisender wieder in die Tasche ihres Kleides zu stecken. Die Tür ihres Gefängnisses wurde aufgerissen. Die von außen hereinfallende Sonne blendete sie so, daß sie nichts zu erkennen vermochte. Sie spürte nur, daß eine feste Decke über ihren Kopf geworfen wurde, dick genug, um jeden Schrei zu ersticken. Sie wurde ein Stück über einen Gartenweg geschleppt und dann mit einem Auto fortgebracht.

Ihr neues Gefängnis war nicht weit entfernt, kaum zehn Minuten dauerte die Fahrt. Sie wurde unsanft in einen Raum gestoßen und hörte den Schlüssel in einer Eisentür rasseln. Erst da wagte sie es, sich die Decke vom Kopf zu ziehen. Sie befand sich nun in der ehemaligen Werksküche einer stillgelegten Fabrik. Der große Raum hatte schmale Kellerfenster, besser gesagt Luftschlitze, die an der oberen Deckenkante lagen. Für eine Flucht boten sie keine Möglichkeit.

»Ziemlicher Käse«, schimpfte sie laut. Ihre Stimme brach sich an den nackten Wänden und kam mit unfreundlichem Echo zu ihr zurück.

Die weitere Erforschung des neuen Gefängnisses brachte wenig Hoffnungsvolles zutage. Drei hölzerne Stühle, die sie abwechselnd benutzen konnte, waren der ganze Komfort. Auf dem Küchenofen in der Mitte des Raums standen verstaubte Kochtöpfe aufgereiht wie die Soldaten. Es gab einen Warenfahrstuhl, der früher einmal die Essensportionen in den darüber liegenden Speiseraum gebracht haben mochte. Es gab Schränke mit unendlich vielem, billigem Geschirr, einen Tisch auf drei Beinen und sonst nichts. Die beiden

Schalter für das elektrische Licht waren tot, es gab keinen Strom.

Wieviel Zeit verging so? Stefanis Gedanken wurden jäh durch Schritte unterbrochen, die im Keller hörbar wurden, dann drehte sich ein Schlüssel in der Eisentür ihres Gefängnisses. Zwei Männer kamen herein. Sie trugen Seidenstrümpfe über ihren Gesichtern, Strumpfmasken also, die sie unkenntlich machten. Darin hatten sie plattgedrückte Nasen und breitgezogene Münder, genauso, wie Stefani das aus dem Fernsehen kannte. Nur diesmal war es ernst.

Sie registrierte: Die Gestalten waren elegant gekleidet und nicht so, wie man sich landläufig Gangster vorstellte. Der eine war rundlich und hatte Hände wie Eisenzwingen. Der andere zeichnete sich durch lange Arme und Beine aus, die ständig in schlenkernder Bewegung waren.

Unwillkürlich wich Stefani zurück, als der rundliche auf sie zukam. Ihr Herz schlug hoch im Hals. »Lassen Sie mich zufrieden!« schrie sie und wußte doch, daß das absolut sinnlos war.

Der rundliche Mann blieb wirklich stehen. Er legte seinen Kopf auf eine komische Weise schief: »Wir wissen das genau, du hast einen Minisender bei dir. Raus damit!«

»Ich weiß nicht, wovon . . .«

»Natürlich weißt du es. Du mußt mich nicht für dumm verkaufen, das bekommt dir nicht. Anders hätten die Leute, die heute zusammen mit deiner karottenroten Freundin zusammen auftauchten, gar nicht hinter deinen Aufenthaltsort kommen können. Wird's bald — her mit dem Minisender!«

Was war da zu tun? Stefani fiel nichts ein, sie schwieg deshalb.

»Sieh mal auf den Tisch, da liegt was!« rief sein Kumpel von der Tür her. »Ich meine das runde Ding.«

»Ist 'ne Puderdose, die interessiert nicht.«

Trotzdem griff der Rundliche nach kurzem Zögern danach. Er drückte die Dose auf.

»Na also, da haben wir das Ding ja schon!« Er lachte. Das Lachen hallte von den Zementwänden der Kantinenküche verzerrt zurück. »Danke, mehr wollten wir nicht! Wir sind es, die bestimmen, ob du eines Tages freikommst oder nicht. Dieses Ding soll unsere Pläne nicht zu Fall bringen!«

Rückwärts gehend, die Puderdose in der Hand, zog sich der Rundliche zu seinem Komplizen an der Tür zurück: »Wir haben dir nichts zum Essen mitgebracht, und hier gibt es leider auch nichts. Bis morgen früh wirst du hungern müssen. Oder was meinst du?«

Stefani antwortete nicht. Dafür sagte der Kumpan an der Tür: »Sieh sie dir an, sie kippt bald um vor Hunger. Einen Kanten Brot und eine Tüte Äpfel könnten wir ihr schnell noch bringen.«

Augenblicke später war der Spuk verschwunden. Der Schlüssel klirrte in der Eisentür, die Schritte entfernten sich.

Stefani zog sich zusammen und sank auf den Stuhl, auf dem sie die letzten Stunden verbracht hatte. Die Angst hockte ihr im Halse, denn die Gesichter der Männer hatten unter den Strumpfmasken widerlich ausgesehen.

Sie hörte einen Wagen davonfahren. Danach kam eine lähmende Ruhe, wie man sie nur in einem großen, leeren Gebäude empfinden konnte, das zum Gefängnis geworden war.

Tom Fandler und Viktor Schenk machten einen Umweg mit ihrem Wagen. Unterwegs warfen sie die zum Minisender umgearbeitete Puderdose in einen Graben seitlich der Straße. Dann bereiteten sie sich auf ihre letzte Nachtarbeit vor, darauf, den Tresor der »Allgemeinen Kreditbank« leer zu machen.

Bei den jungen Leuten im Zeltlager war nichts zu erfahren, Franziska hatte damit auch nicht gerechnet. Trotz des vielen guten Willens, den man ihnen entgegengebracht hatte, mußten die Hiltorfs mit leeren Händen wieder abziehen.

Hastig stolperten sie über den gewundenen Trampelpfad zurück zum See. Sie kamen am Haus von Fandler vorbei, das so einsam dalag wie vorhin. Die beiden elegant gekleideten Männer waren nicht zu sehen. Das Motorboot schaukelte friedlich an seinem Steg. Damit kehrten die Hiltorfs zum Bootshaus zurück, um die Suche erneut mit dem Auto fortzusetzen. Es war nur eine schwache Hoffnung, die ihnen blieb, aber woran klammert man sich in einer solchen Situation nicht?

Sie wurden hungrig, aber keiner kümmerte sich darum. Weiße Wölkchen segelten über den Himmel, so friedlich, als ob es keine Sorgen auf der Welt gäbe. Die Sonne stand hoch und warf nur kleine Schatten. Trotz des Gewitters in der Nacht erhob sich hinter dem Wagen wieder eine Staubwolke.

»Hörst du noch immer nichts, Oliver?«

Der drehte nervös an seiner Antenne. Er hatte die Kopfhörer aufgesetzt und sah bleich aus; ab und an huschte eine heiße rote Welle über sein Gesicht.

»Ich kann es noch nicht ausmachen«, antwortete er, »ein Ton, der von unserem Minisender stammen könnte — ich bin nicht sicher —, taucht auf und verschwindet wieder. Ich müßte annehmen, daß Stefani auf einer gewundenen Straße fährt. Da, jetzt ist es deutlicher. Das müßte der Minisender in der Puderdose sein.«

Seine Stimme überschlug sich vor Aufregung.

»Welche Entfernung schätzt du?«

»Vier oder fünf Kilometer, vielleicht etwas mehr. Es hört sich an, als ob sie uns entgegenkommt . . . Ist das nicht unwahrscheinlich?«

Unwillkürlich nahm Franziska den Fuß vom Gashebel. Ihre Lippen waren trocken. Sie befeuchtete sie mit der Zunge: »Bitte, melde laufend alles, was du erkennen kannst«, verlangte sie völlig überflüssig.

»Jetzt kommt uns der Piepton nicht mehr entgegen, er bleibt ruhig auf der gleichen Stelle.«

Der Mercedes fuhr langsam weiter. Mit heißen Augen starrte Petra durch die Windschutzscheibe. »Wie weit noch, sag schon, Oliver!«

»Höchstens noch einen Kilometer!« Seine Stimme überschlug sich vor Aufregung.

Eine neue Kurve. Als der Wagen sie hinter sich hatte, lag eine lange, gerade Landstraße vor ihm. Eine leere Straße. Kein Mensch und kein Fahrzeug waren zu sehen.

Dagegen klang der Ton des Minisenders hell und laut, so kräftig, als wäre er keine zweihundert Meter mehr entfernt. Links dehnte sich Weideland, rechts lag ein niedriges Rapsfeld. Doch auch hier weit und breit nichts zu sehen.

»Achtet auch auf den Graben«, flüsterte Franziska tonlos. »Es muß etwas Schreckliches mit Stefani geschehen sein!«

»Piep-piep-piep«, kam es deutlich aus dem Lautsprecher. »Halt — hier müßte es sein!«

Franziska trat fest auf die Bremse und schaltete den Motor aus. Gleichzeitig sprangen Petra und Oliver aus dem Wagen. Weit und breit war kein Mensch zu sehen, kein Gebäude, keine Spur von Stefani. Auch nicht im Graben, der grün zugewuchert war.

Der Empfänger meldete weiter in voller Lautstärke das Vorhandensein des Minisenders. Unfaßbar! Stefani paßte doch in kein Mauseloch . . .

»Hier ist die Puderdose«, rief Petra plötzlich. »Ich bin sicher, daß sie es ist. Stefani muß sie fortgeworfen haben.«

Die Hochspannung der letzten Stunden wandelte sich in tiefes Erschrecken. Keiner der drei sagte ein Wort. Ohne dieses kleine geheimnisvolle Ding würde es unmöglich sein, Stefani aufzufinden. Quälend langsam trat diese Gewißheit in das Bewußtsein der drei.

Der große Coup

Der Sommerabend schickte eine weiche, zärtliche Luft über den Chiemsee. In den Gärten des Ferienortes glühten die Lampions, als die Sonne sank. Die Segelboote blieben länger als sonst auf dem See, obwohl die Abendflaute kam. Ein weißer Ausflugsdampfer fuhr mit strahlenden Lichtern über das Wasser. Ein schöner, ein behaglicher Abend!

Als das Leben in dem Städtchen erlosch, als nur noch verspätete Nachtschwärmer über die Straßen zogen, hielt der gelbe Opel von Tom Fandler wieder auf dem öffentlichen Parkplatz.

Die Männer liefen nicht etwa schnurstracks zu dem Haus mit dem Tante-Emma-Laden. Vielmehr bummelten sie durch die dunklen Straßen, beobachteten sorgfältig und näherten sich über einen Umweg ihrem Ziel. Als sie den Zeitpunkt für gekommen hielten, huschten sie hinüber zu dem leerstehenden Gebäude, schlossen schnell die Haustür auf und verschwanden dahinter.

»Hat tadellos funktioniert«, grinste Tom zufrieden. »Morgen ist Sonntag, da wird niemand entdecken, was sich getan hat. Wir können mit Ruhe an die letzte Arbeit herangehen.«

Heute hatten die Männer keine Pakete bei sich. Alles, was sie brauchten, befand sich längst im Keller und wartete nur darauf, eingesetzt zu werden.

Diesmal zertrümmerten sie ohne jede Vorsicht die letzte Wand aus Ziegelsteinen, die sie noch vom Saferaum der Bank trennte. Das dauerte keine Viertelstunde.

Kalk und Mörtel verursachten Staubwolken und puderten die Gangster weiß ein. Das machte ihnen nichts. Stolz krochen sie durch das entstandene Loch.

Ihre Berechnung war aufgegangen — sie standen im Saferaum der Bank! Der war durch eine moderne Alarmanlage gesichert, die sich gegenüber am Eingang des Raumes befand.

Tom lachte: »Was sagst du nun? Haben wir die Schwierigkeiten nicht auf eine tolle Weise umgangen? Die teure Alarmanlage schweigt. Geh nicht zu nah an die Tür heran, sonst meldet sie sich vielleicht doch, das ist alles, was wir beachten müssen. Du darfst dich bereits als ein reicher Mann fühlen.«

»Das hast du toll gemacht!«

»Gehen wir's an. Reich mir das Schweißgerät rein.«

Viktor kletterte über Steine und Mörtel zurück in den daneben liegenden Keller, um das Schweißgerät zu holen. Inzwischen untersuchte Tom sorgfältig den schweren Tresor, der nur durch das Einstellen einer Zahlenkombination und mit zwei Spezialschlüsseln zu öffnen war. Oder aber durch den richtigen Gebrauch des Schneidbrenners. Und darauf verstand sich Tom Fandler.

Fachmännisch setzte er das Gerät in Betrieb. Als der helle, harte Strahl aus dem Brenner kam, schob er sich die Schutzbrille vor die Augen.

»Hoffentlich schaffe ich es in einer guten Stunde«, sagte er ruhig zu seinem Kumpel. »Geh du nach oben und paß hinter der Schaufensterscheibe des Ladens auf. Wenn es dicke Luft gibt, dann benutzt du den Klingelknopf, den ich mit einer Alarmanlage verbunden habe. Die ziehe ich mir in den Saferaum. Sobald du drückst, hör ich auf mit dem Schweißen. Aber bitte, gib keinen falschen Alarm, und dreh nicht gleich wieder durch, wenn etwas Unvorhergesehenes passiert.«

»War mir eine Lehre, Tom. Wird nicht wieder vorkommen!« Viktor stieg die Kellertreppe nach oben, überzeugte sich, daß kein Lichtschein des Schweißbrenners im Laden oder gar von außen zu sehen war, und bezog seinen Posten.

So begann der letzte Teil des Unternehmens. Tom Fandler arbeitete so sicher wie daheim beim Basteln oder beim Einkleben von Briefmarken.

Zischend fuhr der heiße Strahl gegen den Stahl des Safes. Der begann zu glühen. Das Geräusch war unüberhörbar, aber für Tom war es wie Musik. Qualm ringelte sich zur Decke. Der Geruch des Schweißens erfüllte den Raum.

In seiner Ecke hinter dem Schaufenster des Tante-Emma-Ladens machte es sich Viktor bequem. Mit Hilfe eines außen angebrachten Spiegels konnte er die Straße überblicken. Kaum hörbar drangen die Geräusche aus dem Keller bis zu ihm hinauf.

Ein einsamer Passant tappte auf der anderen Straßenseite seinen Weg. Als er zu der Laterne schräg gegenüber des Ladens kam, erkannte ihn Viktor. Er war einer der drei Polizisten des Ortes. Er trug Zivil und schwankte leicht. Er griff nach dem Laternenpfahl, um Halt zu finden . . .

War das Tarnung? Hatte die Polizei vorzeitig Wind bekommen? Hastig drückte Viktor auf den Klingelknopf, den er in der feuchten Hand hielt. Sofort erlosch das leise Geräusch des Schneidbrenners.

Jetzt war nur noch aus weiter Ferne das Bum-Bum einer Tanzkapelle zu vernehmen.

Der Polizist umarmte den Laternenpfahl. Klopfte vertraulich auf sein kühles Eisen. Musterte ihn verliebt. Dann versuchte er, den Pfahl aus der Erde zu ziehen, vielleicht hielt er ihn für einen Spargel — oder er tat nur so!

Erregt sah sich Viktor nach weiteren, bedrohlichen Personen auf der Straße und auf dem Stück Marktplatz um, das er von seinem Standplatz aus einsehen konnte. Nichts!

Endlich entschloß sich der Polizist, seinen Heimweg fortzusetzen. Er tapste die Straße entlang, unsicher auf seinen zwei Beinen, und verschwand.

An der Kellertreppe rief Viktor in die Tiefe: »Alles klar, du kannst weitermachen.«

Die Kirchturmuhr schlug zweimal. Eine schmale Mondsichel schob sich über die gegenüberliegenden Hausdächer. Noch immer spielte die weit entfernte Tanzkapelle. Viktor schlief der rechte Fuß ein.

Jetzt entdeckt zu werden, das kam teuer zu stehen. Mit dem Gefängnis hatte Viktor nichts im Sinn, seit er das einzigemal eine längere Gefängnisstrafe hatte abbrummen müssen. Und die Zeit schien festzukleben. Die Minuten zogen sich in die Länge, und Tom wurde nicht fertig! Wenn er es nun nicht schaffte, den Tresor aufzuschweißen, wenn alle Vorbereitungen nutzlos vertan waren, was dann . . .? Andererseits, was würde er mit seinem Anteil anfangen können? überlegte Viktor. Noch nie hatte er so nahe vor einem schönen, sorglosen Leben ohne Mühsal und Arbeit gestanden. Wenn man erst einmal mit der Beute in dem gelben Auto saß, dann war alles überstanden. Dann mochte die Polizei soviel suchen, wie sie wollte; Tom hatte ja alles glänzend eingefädelt.

Eine Stunde schlich davon, und der Schneidbrenner zischte unermüdlich weiter. Tom hatte also größere Schwierigkeiten als erwartet. Aber bevor es hell wurde, mußte man mit der Beute das Haus verlassen haben, wenn man unentdeckt bleiben wollte . . . Viktor spürte, wie ihm die Angst kalt den Rücken emporkroch.

Eine halbe Stunde später war es geschafft. Ein unterdrückter Ruf aus der Tiefe des Kellers rüttelte ihn aus seiner Beklemmung hoch: »Es ist soweit!«

Das klang für Viktor wie die schönste Musik der Welt. Er erhob sich und rannte los. Dabei stolperte er über eine leere Kiste, die in dem dunklen Tante-Emma-Laden herumstand, rappelte sich hoch und tastete sich an der Wand des dunklen Raumes bis zur Treppe. Unten balancierte er über Werkzeug, Steine und Schutt, bis er durch das aufgeschlagene Loch in den Saferaum der Bank schlüpfen konnte.

»Bring das Brecheisen mit!« rief Tom von innen.

Also drehte sich Viktor noch einmal um, rutschte über die Steine, stieß sich das rechte Schienbein an und langte nach dem Brecheisen. Damit gelang es den beiden Männern, die Tür des Safes, dessen Halterungen durch die Schweißarbeit zerstört waren, zu bewegen. Es dauerte nur noch kurze Zeit, ehe die Tür so weit geöffnet war, daß sie die Schätze, die dahinter lagen, erkennen konnten.

»Donnerwetter!« stieß Tom hervor, »das ist mehr, als ich erwartet habe. Ein schöner Anblick, was?«

Eilig packten die Männer die Geldscheinbündel in zwei bereitgelegte Säcke. Ihre Hände wurden feucht dabei. Zuerst zählten sie, was ihnen in die Hände kam, doch bald gaben sie es auf. Das Zählen hatte Zeit, Hauptsache, man kam unbemerkt mit den beiden prallgefüllten Geldsäcken fort.

»Geschafft, Freund! Wenn wir jetzt keine Dummheiten machen, haben wir für den Rest unseres Lebens ausgesorgt, oder wenigstens für zehn Jahre.«

Jeder lud sich einen Sack auf den Buckel. Papier ist ganz schön schwer, besonders dann, wenn es als Geld bedruckt ist. Das Schweißgerät und die anderen Werkzeuge blieben zurück, das Zeug brauchte man nun nicht mehr.

Mit einem zufriedenen Ausdruck stampfte Tom über den Berg von Steinen und Schutt in den Keller des Tante-Emma-Ladens, wartete auf seinen Kumpel und stieg dann die Kellertreppe hinauf.

Die frühe Sonne des anstehenden Tages zeigte sich noch nicht über den Dächern des Ferienortes, nur die Sterne verblaßten langsam. Es wurde also höchste Zeit. Mit langen Schritten erreichten die Männer den öffentlichen Parkplatz, wo der gelbe Opel in der dunkelsten, von den Straßenlampen nicht erfaßten Ecke abgestellt war.

Sie warfen die Säcke in den Kofferraum, schlossen ihn ab und stiegen in ihren Wagen.

»Jetzt keinen Fehler machen«, murmelte Tom. »Ruhig, gemütlich fahren, nicht auffallen. Zittre nicht, Viktor, deine Nerven kannst du dir in den nächsten Wochen wieder aufbügeln!«

»Wir sind nicht beobachtet worden«, antwortete der erleichtert, als der gelbe Opel den Ort verließ. »Es hat geklappt wie am Schnürchen! Tom, du bist ein As!«

»Das habe ich dir vorher gesagt!«

»Nur ein Problem bleibt: Was machen wir jetzt mit dem Mädchen, das wir in der Fabrik eingeschlossen haben?«

»Eine komische Frage in dem Augenblick, in dem wir unsern Sieg feiern können. Vielleicht bringt sie uns noch zusätzliches Geld, laß mich das mal überlegen. Ich bin sicher, daß ihre Eltern für ihre Freilassung einiges springen lassen.«

»Eine Erpressung ist gefährlich, Tom! Wir sollten mit dem zufrieden sein, was wir erbeutet haben. Ich für meinen Teil verzichte gern auf mehr.«

»Du bist wie ein Mann aus Gummi. Ich bin sicher, daß uns ein guter Plan einfällt, aber das muß ja nicht gleich sein.«

»Inzwischen ist das Mädchen längst verhungert, wenn wir sie in der alten Fabrik sich selber überlassen!«

»Dagegen läßt sich ja wohl etwas machen. Wir bringen ihr was, das Essen macht sie freiwillig.«

Tom, der am Steuer des Wagens saß, bog rechts auf den Feldweg ein, der in einigen Windungen durch den Wald zu dem gemieteten Haus führte.

»Vor allem anderen versenken wir unsere Beute im Versteck, beseitigen alle Spuren und reinigen den Kofferraum des Autos, erst dann sind wir endgültig sicher! Danach wird gefeiert. Das haben wir uns verdient.«

Als das Auto in die Einfahrt des einsamen Hauses rollte, stahl sich der erste, frühe Sonnenstrahl in den Himmel.

Fluchtversuch durch den Fahrstuhlschacht

Zur üblichen Zeit, so wie sonst an jedem Morgen, erwachte Stefani aus ihrem schweren, wüsten Schlaf, den sie, zusammengekauert in der Decke, auf dem Fußboden verbracht hatte. Alle Glieder taten ihr weh. In ihrem Magen rumorte der Hunger. Das Haar auf ihrem Kopf, das herrliche, blonde Haar, sah jetzt aus wie ein Mop, mit dem man den Staub vom Boden aufnimmt. Schlaffalten zogen sich über ihr Gesicht.

Das stellte sie in einem blinden Spiegel fest, der früher dem Koch gedient haben mochte. Als sie sich darin sah, fuhr sie erschreckt zusammen. Sie sah entsetzlich aus!

Weil ihr das Bild, das sie bot, absolut nicht gefiel, streckte sie sich die Zunge heraus. Prompt tat die Person im Spiegel das gleiche.

»Du sitzt in einer schönen Klemme!« sagte sie laut zu sich selber, als sie sich in ihrer Umgebung wieder zurechtgefunden hatte. Die eigene Stimme war das einzige, an das sie sich in dieser Lage klammern konnte. Sie gab ihr Selbstvertrauen, denn sie bestätigte ihr: Da bist du! Du lebst noch! Jedenfalls funktioniert dein Mund noch!

Dann fiel ihr auf, daß der Gebrauch von Computern und anderen technischen Hilfsmitteln träge machte. Für ihre Rettung aus dieser dummen Situation hatte sie sich ganz auf den Minisender verlassen, bloß auf den, statt ihren Kopf zu Hilfe zu nehmen, den man in einer mißlichen Lage besonders gebrauchen sollte. Die Hoffnung auf den Minisender war jetzt vorbei, Oliver und Petra standen vor einer unmöglich zu lösenden Aufgabe. Selbst Franziska würde es nicht besser ergehen.

Also konnte sie, Stefani, sich jetzt nur noch auf ihren Kopf verlassen, der dringend dazu aufgerufen war, einen Ausweg aus diesem Dilemma zu finden.

Mit dieser Überlegung kam Bewegung in die Welt ihrer Gedanken, die in der letzten Zeit wohl eingerostet waren. »Armer Kopf«, sagte sie also laut, »jetzt brauche ich dich mal wieder.«

Worauf der Kopf antwortete: »Welch ein Glück, daß du dich an mich erinnerst. Mit deinem Dilemma bist du nun an der richtigen Stelle. Sieh genau hin, es gibt eine Möglichkeit zur Flucht.«

Stefani rieb sich die Augen: »Ich werde verrückt«, rief sie laut, »kannst du dich mal deutlicher ausdrücken, lieber Kopf?«

»Wenn es sein muß . . . Versuche mal, den kleinen Aufzug für die Speisen ein Stück in die Tiefe zu drücken. Wenn dir das gelingt, dann kannst du durch den Schacht nach oben in den Speisesaal klettern. Das ist zwar mühselig, aber du solltest etwas tun, um aus dem Schlamassel herauszukommen.«

»Danke«, antwortete Stefani laut, so laut, daß das Echo von den nackten Wänden zurückschallte. Das ließ sie unwillkürlich zusammenfahren.

Dann probierte sie die Sache aus. Zuerst öffnete sie die Schiebetür zum Essenaufzug. Der Kasten mit den beiden Fächern, in denen früher Suppe oder Schnitzel transportiert wurden, füllte das offene Viereck aus, das dahinter lag. Der Holzkasten hing an einem Drahtseil, das von oben kam und von dort über eine Winde lief. Diese Winde wurde elektrisch angetrieben, aber Strom gab es leider nicht.

Stefani versuchte, den Warenfahrstuhl in die Tiefe zu drücken. Er bewegte sich tatsächlich, die Winde gab nach, aber nur um Zentimeter. Also machte sie einen neuen Versuch. Der Transportkasten sank wieder um ein kleines Stück. Na also, es mußte gelingen! Zeit genug hatte sie ja, viel Zeit.

Nach einer Viertelstunde war es geschafft: Der Aufzugkasten war so weit in der Versenkung verschwunden, daß es genügend Raum gab, in den Schacht zu klettern.

In dem ehemaligen Speiseraum würde es hoffentlich keine verschlossenen Türen geben, dachte Stefani. Der Rest wäre dann eine Kleinigkeit.

Hoffnungsvoll schlüpfte sie in den Aufzugsschacht. Er war eng. An die eine Seite konnte sie sich mit ihrer Schulter stützen, bis an die gegenüberliegende Seite reichten ihre Füße. Das gab ihr Halt. An dem in der Mitte herabhängenden Drahtseil zog sie sich Stück für Stück höher. Also kam

der Rücken ein Stück höher, und die Beine liefen auf der anderen Seite des Schachts nach. Das könnte sogar lustig sein, wenn es nicht so verteufelt ernst wäre. Leider konnte sie bei dieser Kletterei nicht die Hand vor Augen sehen, so finster war es. Die Luft, die seit Monaten in dem Schacht gefangen war, roch muffig.

Stefanis Kleid zerriß bei dieser Kletterei, es war sowieso über und über verschmutzt. Ich muß einen hinreißenden Anblick bieten, dachte sie kurz, während sie sich keuchend nach oben arbeitete, Stück um Stück. Ihre Hände rissen sich an dem Drahtseil blutig. Ihr Keuchen klang gespenstisch in dem Fahrstuhlschacht, der einfach kein Ende nehmen wollte.

So erreichte sie die Tür, durch die im Speisesaal das Essen aus dem Fahrstuhlkasten entnommen wurde. Sie war geschlossen. Mit feuchten Händen drückte Stefani dagegen. Sie rührte sich nicht. Versuchte, sie seitwärts zu schieben — nichts! Nach oben? Die Fahrstuhltür saß bombenfest.

Stefani wurde zum Heulen zumute. Alles andere hätte sie erwartet, nur das nicht. Es wurde ihr schwer, sich in ihrer Stellung zu halten. Jetzt ein Muskelkrampf, und sie müßte hilflos in die Tiefe stürzen . . .

Verzweifelt rüttelte sie an dieser blöden Tür. Da gab sie nach, denn — sie mußte nach unten geschoben werden! Gewußt wie!

Aus ihrer gefährlichen Lage blickte Stefani in den Saal, der sich vor ihren Augen auftat. Er war aufgeräumt, Tische und Stühle standen in Reih und Glied, von einer grauen Staubschicht bedeckt. Hier war seit Monaten kein Mensch mehr gewesen. Durch die schmutzig gewordenen Fenster blickte eine freundliche Sonne in den Raum.

Vorsichtig kletterte Stefani durch das Loch. Als sie wieder auf ihren beiden Beinen stand, schwankte sie und mußte sich erst einmal hinhocken, um wieder zu Kräften zu kommen. Erst danach spürte sie die Erleichterung. Sie hatte ihr Gefängnis verlassen!

Sie blickte sich um. Am Ende des Saales hing an einer weißgetünchten Wand das Bild eines Herrn mit steifgebügeltem Hemd und reichlich unmodernem Haarschnitt — in Öl gemalt. Es stellte wohl den Fabrikbesitzer dar, hier vielleicht als Herrn über die verteilten Essensrationen. Er blickte milde und gütig aus seinem Bild, als ob er sagen wollte: Einen guten Appetit, meine lieben Arbeiter, wir verwenden nur beste Butter der Marke so und so . . .

Er lächelte noch immer gütig, obwohl es nichts mehr zu essen gab und vor ihm ein zerschundenes Mädchen stand, mit blutig aufgerissenen Händen, zerwühltem blonden Haar, das Stefani hieß.

Sie klopfte sich den Schmutz vom Kleid oder besser von dem, was davon übriggeblieben war. Erfolg brachten die Reinigungsbemühungen nicht. Nach einem Rundblick durch die Fenster über das ausgestorbene Fabrikgelände lief sie auf eine der drei Türen des Speiseraums zu. Die war nicht abgeschlossen! Na also!

Das Gefühl einer bereits geglückten Befreiung erfaßte sie. Das gab ihr neue Kraft. Jetzt mußte sie nur noch in diesem großen Gebäude den Ausgang finden.

Zunächst gelangte sie in ein Großraumbüro mit gut zwei Dutzend Schreibtischen. Auch hier herrschte peinliche Ordnung, auch hier gab es Staub auf allen Tischen. Aber etwas anderes war viel interessanter — auf jedem Schreibtisch stand ein Telefon! Fast feierlich nahm Stefani den Hörer von einem der Apparate ab und steckte einen Finger in die Scheibe, um die Nummer des Hotels zu wählen, in dem Petra und Oliver waren. Aber der Apparat gab keinen Ton von sich, die Anlage war längst abgeschaltet.

In der sich anschließenden Fabrikhalle standen Maschinen unter Plastikbezügen, als wollten sie am Ende einer Ferienzeit wieder in Betrieb genommen werden. Zwei Lastenaufzüge warteten mit weit offen stehenden Türen auf Arbeit, aber auch sie waren außer Betrieb, solange es keinen Strom gab.

Endlich fand Stefani eine breite Treppe aus Stein, über die sie den Haupteingang des Werkes erreichte. Der war fest verschlossen. Das war zu erwarten, aber ihre Hoffnungen sanken mit einem Schlag auf den Nullpunkt. Mit unendlicher Mühe war sie aus ihrem kleinen Gefängnis entkommen, um nun in einem Riesenbau gefangen zu sein.

Die Treppe führte weiter in die Tiefe. In der Hoffnung, einen offenen Kellerausgang zu entdecken, ging Stefani sie hinab. Dabei erreichte sie zuerst die Tür mit der Aufschrift:

»Küche! Eintritt für Unbefugte verboten!«, hinter der sie eingesperrt gewesen war. Sie entdeckte leere Vorratsräume und schließlich die Heizung, in der es noch nach Öl roch und in der ein riesiger Ofen tatenlos vor sich hin dämmerte.

Und dann fand sie den Hinterausgang doch. Er befand sich in einer Ecke des Kellers und bestand aus einer eisernen Tür, in der der Schlüssel von innen steckte. Er ließ sich fast lautlos drehen, ein Zeichen, daß das Schloß gut geölt war. So erreichte Stefani den Hofraum der Fabrik.

Sie machte einen Luftsprung, als sie draußen war, als sie den stickigen Dunst, der im Innern des Hauses herrschte, hinter sich lassen konnte. Die Hauptsache war, ihre Rettung verdankte sie keinem Computer, sondern ganz allein ihrem Köpfchen. »Habe Dank, lieber Kopf«, jubelte sie laut, »du bist bestimmt mein bestes Stück!«

Worauf der Kopf, der zur Zeit wie ein Mop aussah, sich meldete und sehr viel pessimistischer warnte: »Noch bist du nicht weg, Stefani. Erst kommt noch die Mauer. Wenn du die hinter dir hast, dann wirst du nicht wissen, wohin du dich wenden sollst. Außerdem siehst du aus wie ein Kind aus den südamerikanischen Slums oder wie eine Hexe aus dem Mittelalter. So kann man sich gesitteten Menschen nicht präsentieren!«

Richtig, die Mauer. Sie war glatt, zweieinhalb Meter hoch und oben von Stacheldraht gekrönt. Das eiserne Tor neben dem Pförtnerhäuschen war geschlossen und rührte sich nicht.

Das war das Ende der Flucht in die Freiheit.

Diesmal weigerte sich der Kopf entschieden, eine rettende Idee zu produzieren.

Mit hängenden Schultern lief Stefani zu dem mächtigen Fabrikgebäude zurück. Was jetzt? Ihr Kopf steckte zwischen ihren Schultern, dachte und dachte — und meldete wie ein Computer: »Hierzu liegt keine Lösung vor!«

Ein jämmerlicher Zustand.

Die Schaumkanone

Der Mückenschwarm, der über dem Fabrikhof spielte, entdeckte plötzlich in dem einsamen Mädchen, das so hilflos herumlief, eine willkommene Beute. Wie auf Befehl stürzten sich die Mücken über Stefani, und je mehr sie um sich schlug und je mehr ihrer Gegner sie auf ihren Armen und ihren Knien traf, um so mehr Reservekompanien von Mücken griffen in den Kampf ein. Verständlich, denn sie waren hungrig, und auf dem einsamen Gelände gab es sonst nichts zu fressen.

Die Auseinandersetzung wurde jäh beendet, als sich vor dem Tor des Fabrikkomplexes ein Auto bemerkbar machte. Ein Schlüssel rasselte im Schloß. Knarrend öffnete sich das Tor.

Eilig flüchtete Stefani zur Kellertür, durch die sie ins Freie gelangt war. Von hier konnte sie beobachten, was weiter geschah, und das war unerfreulich.

Ein gelber Opel fuhr durch das Tor. Ein Mann schloß es hinter dem Auto, drehte den Schlüssel von innen und stieg mit schlenkernden Bewegungen in das wartende Fahrzeug. Das Auto überquerte den Hof und hielt vor dem Eingang des Fabrikgebäudes.

Zwei Männer stiegen aus, der Lange mit den schlenkernden Bewegungen und der Rundliche, dessen Figur Stefani noch gut im Gedächtnis hatte. Das mußten also die beiden Eleganten sein, die mit Strumpfmasken versehen, gestern in ihrem Gefängnis aufgekreuzt waren. Ihre Gesichter waren leider nicht zu erkennen.

Die Mücken, die Stefani geplagt hatten, stellten fest, daß sich frische Nahrung in ihrem Gebiet eingefunden hatte, und die Einheit stürzte sich feldmarschmäßig auf die Neuankömmlinge.

Stefani notierte diese Erleichterung dankbar. Zugleich wurde ihr klar, daß die beiden Männer in Kürze entdecken mußten, daß ihre Gefangene entwischt war. Für sie kam es also darauf an, schnellstens ein sicheres Versteck zu finden. Zwischen den Maschinen zum Beispiel. Oder im zweiten oder dritten Stock des Fabrikgebäudes? Auf dem Dachboden? Oder wo sonst?

Auf jeden Fall muß ich vor den Männern am Eingang zur Küche und am Hauseingang vorbei ins Gebäude schlüpfen, überlegte Stefani. Oben müßte es für mich genügend Verstecke geben.

Mit fliegender Hast lief sie also durch die Kellergänge, gelangte an die Haupttreppe und hörte schon die Schlüssel im Haupteingang rasseln. Dazu die Worte: »Mach schnell, die Mücken fressen uns sonst auf. Patsch, das Biest habe ich erwischt!«

Unwillkürlich mußte Stefani grinsen, obwohl sie sonst Schadenfreude verachtete. Immer zwei Stufen auf einmal nehmend, hastete sie die Treppe weiter hinauf. Ihre Hand glitt über das eiserne Geländer. Im ersten Stock verschnaufte sie einen Augenblick.

Tom Fandler und sein Komplize Viktor Schenk betraten das Gebäude. »Hast du den Schatten auf der Treppe gesehen?« fragte Tom, der seinen eigenen Augen nicht traute. »Los, das müssen wir feststellen.«

»Das Mädchen ist raus!« schrie Viktor und ließ den mitgebrachten Beutel mit den Lebensmitteln achtlos zu Boden gleiten. »Sie rennt nach oben!«

Die unmittelbare Gefahr gab Stefani doppelte Kräfte. Sie stürmte die Treppe zum zweiten Stock empor. Wo um alles in der Welt gab es ein sicheres Versteck? überlegte sie mit fliegendem Puls.

Auf dem Treppenabsatz entdeckte sie den knallrot gestrichenen Feuermelder. Daneben hing ein Metallhämmerchen, mit dem ein kleines Fenster eingeschlagen werden mußte, wenn man den Alarmknopf dahinter drücken wollte. War das ein Fingerzeig? Auch in stillgelegten Häusern sollten Feuermelder weiter in Betrieb sein . . .

Stefani zertrümmerte die Scheibe. Drückte den dahinter befindlichen Knopf. Es geschah nichts.

Unter dem Feuermelder, etwa dreißig Zentimeter über dem Boden, ragte ein biegsamer Zapfen mit einem breiten Mundstück aus der Wand. Er war ebenfalls rot gestrichen. Daneben hing ein Schild: »Schaumlöscher! Drehen Sie den Zapfen in Richtung auf die Feuerstelle! Durch das seitliche Rad stellen Sie die benötigte Menge Schaum ein!«

Erst als Stefani ihre Hand aus dem Feuermelder zurückzog, meldete sich plötzlich der lärmende Ton einer Hupe vom Dach des Fabrikgebäudes. Das Feuersignal!

Tom Fandler und Viktor Schenk erschraken. Verhielten eine Sekunde, um sich auf die neue Situation einzustellen. Und stürzten dann weiter die Treppe hinauf.

Also flüchtete Stefani in den dritten Stock. Währenddessen heulte das Brandsignal über dem Fabrikgebäude. Mitten in diesem Lärm schrie Tom seinem Kumpel zu: »Wir müssen sie erwischen, bevor die Feuerwehr eintrifft!«

Im dritten Stock war für Stefani das Ende erreicht. Jetzt blieb nur noch der Weg durch eine gläserne Schwingtür. Dahinter befand sich ein übersichtlicher Fertigungsraum, der kein Versteck bot.

Das war das Ende!

In diesem brisanten Augenblick nahm Stefanis Kopf wieder seine Tätigkeit auf. Was er lieferte, war nur ein Geistesblitz. Eine letzte Chance — falls die Sache noch funktionierte . . .

Auch hier oben gab es den roten Zapfen mit dem breiten Mundstück — den Schaumlöscher. Stefani überlegte nicht lange, drehte den Zapfen zur Treppe und drehte an dem daneben liegenden Rad. So schnell sie konnte, so weit sie konnte.

Was dann geschah, damit hatte Stefani nicht gerechnet. Weißer Schaum in einer breiten Front, der zum Löschen eines Brandes in der Fabrik ausreichen sollte, schoß zischend aus dem Rohr. Plusterte sich auf zu mannshohen Wolken. Wälzte sich behäbig die Treppe hinab, den beiden Gangstern entgegen.

Die Schaumwolke wuchs und wuchs, wurde dichter und wollte die Flammen ersticken, die es nicht gab. Tom Fandler, der als erster die Treppe hinaufstürzte, wurde von der weißen Wolke eingehüllt, verschwand darin und sah plötzlich nichts mehr.

»Aufhören«, schrie er, »sofort aufhören!« Seine Stimme klang dumpf aus dem Schaum heraus und erstarb. Er bekam keine Luft mehr. Denn das war das Geheimnis dieses Löschverfahrens: Der Schaum verwehrte der Luft den Zutritt, sperrte damit den Sauerstoff ab und erzwang so das Erlöschen des Brandes.

Stefani staunte nicht schlecht, als sich über dem Schaum zwei Arme herausstreckten, wild umherfuchtelten und dann wie bei Ertrinkenden wieder in der weißen Wolke verschwanden. Tom wollte flüchten, glitt aus und rollte die Treppe hinunter. Dabei stieß er sich alle Knochen, kam aber aus der weißen Wolke heraus.

Viktor wandte sich ebenfalls ab und flüchtete schreiend die Treppe hinunter, verfolgt von dem behäbig nachfolgenden, sich mehr und mehr verbreitenden Löschschaum. Die Riesenflocken glichen in seinen Augen einer Schneelawine, die sich im Zeitlupentempo bewegte, aber deswegen nicht weniger gefährlich war.

Gemeinsam ergriffen die beiden Gangster die Flucht. Sie gelangten bis an die Eingangstür und sahen über sich die weiße Wolke, die nun über das Geländer schwappte und weiter in die Tiefe sackte.

»Raus hier!« schrie Tom, riß die Tür auf und flüchtete ins Freie. Als sein Kumpel ihm gefolgt war, warfen beide zusammen die Tür hinter sich zu. Damit waren sie zunächst gerettet.

Gleichzeitig sprang im Keller der Fabrik das Notaggregat an, um den notwendigen Strom für den Betrieb des Schaumlöschers zu liefern.

Einen solchen Erfolg hatte sich Stefani nicht träumen lassen. Unter ihr war das Treppenhaus voll von den weißen Wolken.

Es wurde höchste Zeit, die Schaumkanone abzustellen. Sie tat es mit einem Lächeln auf den Lippen. »Das war das erste Mal, daß zwei kräftige Gangster vor mir flüchteten«, murmelte sie. »Ich möchte wissen, woher mir diese Idee in letzter Sekunde gekommen ist.«

Noch immer heulte die Feuersirene.

»Wir müssen türmen«, stieß Viktor Schenk hervor. »In wenigen Minuten ist die Feuerwehr zur Stelle!«

»Türmen — du bist verrückt! Wer türmt, der ist schuldig.«

»Na und? Sind wir es etwa nicht?«

»Bist du scharf drauf, ein Geständnis abzulegen? — Na also. Jetzt gilt es, die Nerven zu behalten, Kumpel! Wer kann uns etwas beweisen, wenn wir uns richtig verhalten? Wir drehen den Spieß um. Laß mich das nur machen.«

»Okay, du bist der Boß! Aber wenn das diesmal gutgeht, dann . . .«

»Was dann?«

»Dann glaube ich an einen Gott der Gangster.«

Hoher Staub wirbelte von der Landstraße auf, als die Feuerwehr mit vier Wagen anrückte. Fandler und Schenk, wieder ganz die honorigen Immobilienmakler, standen am Eingang des Geländes, da wo sich das Pförtnerhäuschen befand, und grüßten höflich den Leiter des anrückenden Kommandos.

»He, was ist los?« Der Brandmeister sprang vom ersten Wagen herunter. Auch er kannte die beiden elegant gekleideten Herren gut. »Haben Sie den Alarm ausgelöst?« fragte er.

»Es tut uns leid, ein paar verrückte Jugendliche haben sich in der verlassenen Fabrik breitgemacht und den Alarm ausgelöst, als wir kamen.«

»Immer machen uns Jugendliche zu schaffen! Es brennt also nicht??«

»Nein, wir haben jedenfalls nichts festgestellt. Wir kamen vor wenigen Minuten hier an, um das Objekt zu kontrollieren, das wir in der kommenden Woche einem Interessenten zeigen wollen. Dabei stießen wir auf die Halbwüchsigen.

Das heißt, gesehen haben wir nur ein oder zwei streunende Mädchen, aber die werden bestimmt nicht allein gewesen sein. Als wir die eine, die wir erreichen konnten, zur Rede stellen wollten, da löste sie den Feueralarm aus und setzte die Schaumlöschanlage in Betrieb. Das Mädchen ist völlig verwahrlost und heruntergekommen.«

»Ich verstehe«, sagte der Brandmeister bekümmert. »Mit den Jugendlichen von heute hat man seine Last . . .«

»Vielleicht entdecken Sie das Mädchen und übergeben es der Polizei«, fuhr Tom Fandler verbindlich fort. »Die Eltern müssen natürlich den Einsatz der Feuerwehr bezahlen. Damit Sie alles nachprüfen können, übergebe ich Ihnen hiermit die Schlüssel der Fabrik — tun Sie, was Ihre Pflicht ist. Morgen komme ich vorbei und hole mir die Schlüssel wieder ab.«

Nachdem sie solchermaßen dem Leiter des Einsatzkommandos der Feuerwehr ausreichend Sand in die Augen gestreut hatten, entfernten sich die beiden honorigen Grundstücksmakler in ihrem gelben Auto vom Platz der Ereignisse.

»Du bist 'ne Wucht«, gab Viktor Schenk unumwunden zu, als sich der Wagen entfernt hatte. »Uns kann keiner was. Kein Engel ist so rein wie wir beide. Was passiert aber, wenn die Polizei den Angaben des Mädchens Glauben schenkt?«

»Das soll sie tun, wenn es ihr Spaß macht. In diesem Fall müßte die Polizei nach den Entführern dieser Stefani suchen. Die Situation ist absolut klar: Wir können nicht dafür in Frage kommen, das geht schon aus unserem heutigen Verhalten hervor. Außerdem: Wie kommen so bedeutende Leute, wie wir es nun einmal sind, zu einer so irren Kindesentführung? Wir haben die Kleine in der Fabrik entdeckt und uns unsere Meinung über die Angelegenheit gebildet, das ist alles. Was wir angenommen haben, ist logisch. Weil es keine Spuren gibt, wird der Fall nach einiger Zeit einschlafen. Nur unsere Flucht hätte uns verdächtig gemacht, ist dir das klar?«

»Du hast recht, Boß!«

Viktor Schenk legte sich behaglich im Beifahrersitz des Wagens zurück. »Ein Glück, daß ich einen so kaltblütigen Boß habe. Ich selber hätte mir nicht zu helfen gewußt und wäre auf die Nase gefallen.«

Tom grinste herablassend, aber er fühlte sich doch durch die Erklärung seines Kumpels geschmeichelt.

Inzwischen durchsuchte die Feuerwehr die Fabrik. Dabei stellte sich Stefani den Beamten. Andere Jugendliche wurden nicht gefunden.

Als sie von ihren Erlebnissen berichtete, lächelten die Feuerwehrleute nur. Das junge Ding war völlig heruntergekommen und erfand ein Märchen, um sich reinzuwaschen, dachten sie. Die beiden Herren, die sie für Geschäftsleute hielten, hatten da eine viel plausiblere Aussage gemacht. Als Stefani gar berichtete, wie sie aus der Werksküche durch den Fahrstuhlschacht entkommen war, glaubte ihr niemand mehr.

Eine Stunde später telefonierte der Brandmeister mit dem »Seeblick«, in dem Stefani mit ihrer Mutter und ihrem Bruder zu wohnen vorgab. Zum größten Erstaunen erwiesen sich diese Angaben des »streunenden« Mädchens als richtig. Gemessen sagte der Brandmeister also, als sich Franziska am Apparat meldete:

»Wir haben Ihre Tochter Stefani aufgegriffen, ja, in einer leerstehenden Fabrik. Dort hat sie Brandalarm ausgelöst. Das wird eine teure Sache, meine Dame, denn wir mußten mit vier Wagen ausrücken. Wollen Sie Ihre Tochter abholen, oder sollen wir sie der Polizei übergeben?«

Keine zwei Minuten später startete der weiße Mercedes.

Franziskas sechster Sinn

Zunächst kam Stefani in die Badewanne. Warmes Wasser und Seife vollbrachten schnell ein Wunderwerk. Unter der reichlich verschmutzten Oberfläche kam wieder ein ansehnliches junges Mädchen zum Vorschein, besonders als das blonde Haar nicht mehr wie ein Mop aussah.

Noch an diesem Abend wurde auf dem Balkon großer Kriegsrat abgehalten. Noch war der Bankraub nicht bekannt, der von dem leerstehenden Tante-Emma-Laden aus ausgeführt worden war. Petra stellte ein Windlicht auf den Balkontisch. Es gab Waldmeisterbowle. Außerdem standen Würstchen und Kartoffelsalat auf dem Tisch. Doch Stefanis Bericht war so spannend, daß alle das Essen vergaßen.

Oliver drückte seine Meinung über das Unverständliche, ja Unbegreifbare so aus: »Ich erkenne in der Geschichte nur eine zum Himmel stinkende Unklarheit darüber, warum Stefani entführt und in zwei verschiedene Gefängnisse gesperrt wurde.«

Auch Petra schüttelte den Kopf. »Das begreife, wer will. Wenn die Gangster eine Erpressung beabsichtigten, warum haben sie sich nicht gemeldet? Glaubst du, Stefani, daß die beiden Männer auf dem Fabrikhof etwas mit deiner Entführung zu tun haben?«

»Wie soll ich das wissen. Meine Entführer habe ich nie zu Gesicht bekommen. An dem Tag, an dem sie mich im Tante-Emma-Laden geschnappt haben, habe ich sie nicht erkennen können, und als sie mir den Minisender fortnahmen, hatten sie Strumpfmasken übergezogen. Die beiden Typen auf dem Fabrikgelände habe ich nur aus der Entfernung gesehen, und als sie mich auf der Treppe verfolgten, auch nur kurz.«

»Aber du kannst sie doch in etwa beschreiben?« mischte sich jetzt Franziska ein.

»Ja, schon. Die beiden Typen waren elegant gekleidet. Der eine war rundlich und kräftig, der andere hatte lange Arme und Beine.«

»Das trifft allerdings auf Fandler und Schenk zu — leider auch auf tausend andere. Immerhin: Der Piepton der Puderdose führte uns zu dem Haus der beiden, und als wir mit ihnen gesprochen hatten, verschwand der Piepton. Dazu paßt auch, daß die Entführer Schlüssel zur Fabrik besaßen und auch zur Werksküche.«

»Du gehst also davon aus, daß die Entführer Stefanis und die Grundstücksmakler, die die Fabrik besuchten, identisch sind?« forschte Oliver.

»So sieht es jedenfalls aus. Schließlich waren es auch Fandler und Schenk, die vorgeblichen Grundstücksmakler, die den Brandmeister auf zwei angeblich streunende Mädchen aufmerksam machten . . . Daß da etwas faul ist, liegt auf der Hand. Nur, das ganze ergibt für mich keinen Sinn. Der Fall muß irgendwie völlig anders liegen . . .«

So führte die Besprechung zu keinem Ergebnis. Es blieb nur bei der »zum Himmel stinkenden Unklarheit«, wie Oliver sich ausgedrückt hatte.

Diese ungewöhnliche Ratlosigkeit änderte sich am Montag früh schlagartig. Die Hiltorfs saßen beim Frühstück. Wegen des prächtigen Wetters war auf der Terrasse des Hotels gedeckt.

Hilde, die in ein hübsches Dirndl gekleidete Serviererin, brachte zusammen mit dem Kaffee eine sensationelle Nachricht: Über Nacht, wahrscheinlich schon in der Nacht zum Samstag, hatten Einbrecher die »Allgemeine Kreditbank« ausgeraubt. Vom Tante-Emma-Laden her, der daneben lag . . . Das war der Schlüssel des Geheimnisses! Aus Stefanis Entführung wurde plötzlich ein Bankraub von Format. Die Entführung war also Selbstschutz, als die Gangster befürchten mußten, entdeckt zu werden.

Plötzlich herrschte Ruhe am Tisch der Hiltorfs. Petra vergaß, ihr Brötchen zu kauen. Oliver hielt den Siegelöffel gedankenlos fest, und der Honig tropfte auf das Tischtuch.

Nur Stefani schüttelte immer wieder den Kopf und sagte schließlich in die Stille hinein: »Daß ich nicht früher darauf gekommen bin . . . Natürlich hab ich das komische Rumpeln und Dröhnen im Keller gehört, bevor sie mir den Sack überstülpten. Natürlich hätte es mich stutzig machen müssen, daß da ein krummes Ding läuft — ausgerechnet neben der ‚Allgemeinen' . . .«

»Und wir hätten längst darauf kommen müssen, daß die Entführung nicht von Anfang an geplant war!« setzte Oliver den Gedankengang Stefanis fort. »Wie hätten die Entführer wissen sollen, daß Stefani ihnen gerade an diesem Abend in die Hände fallen würde . . .«

»Wir wußten ja auch nicht, wo Stefani entführt worden war«, beruhigte Franziska jetzt die aufgebrachten Gemüter. »Und weitergebracht hätte uns das auch nicht. Nun kennen wir den Beweggrund der beiden Gangster für die Entführung: Sie wollten sich ihren langvorbereiteten Coup nicht durchkreuzen lassen. Mehr noch: wir kennen jetzt den gesamten Ablauf — wir haben nur noch keine Beweise in der Hand! Wir wissen noch nicht einmal, ob die beiden nicht längst auf und davon sind.«

»Also wir sind wieder einmal in den Ferien mittendrin in einem Krimi«, seufzte Oliver. »Kurz vor der Aufklärung und ohne jeden Beweis.«

»Wir können nur hoffen, daß die beiden Gangster noch hier sind — wofür einiges spricht. Immerhin sind sie als seriöse Grundstücksmakler im Ort aufgetreten und fühlen sich offenbar sicher, diese Rolle noch ein wenig länger spielen zu können. Es bleibt uns deshalb nur ein Weg«, fuhr Franziska nun entschlossen fort. »Ihr setzt euch auf eure Mofas und rollt abwechselnd durch den Ort. Es kommt darauf an, Fandler und Schenk aufzuspüren, wenn sie ihre Besorgungen machen.«

»Aha«, Oliver grinste, »Franziska baut mal wieder auf ihre berühmte Überrumpelungstaktik. Bin gespannt, ob das zum Ziel führt.«

Er bekam keine Antwort. Dafür ging seine Mutter zum Telefon, wählte München an und ließ sich mit Kommissar Gotschalk verbinden.

Zur gleichen Zeit hockten Tom Fandler und Viktor Schenk auf dem Bootssteg, der zu ihrem Haus gehörte. Ihre nackten Füße ließen sie ins Wasser baumeln. Sie qualmten bereits die fünfte Zigarette und versicherten sich gegenseitig, wie gut die Luft am Chiemsee sei.

Es war die wohlige Entspannung nach dem geglückten Coup. Mehr als eine halbe Million Mark in einem sicheren Versteck zu wissen gab gewaltigen Auftrieb. Das Erreichte durfte nicht gefährdet werden. Deshalb sagte Tom:

»Vergiß nicht, jetzt sind wir zwar reich, aber wir müssen uns genauso verhalten wie vorher. Wir müssen uns regelmäßig im Ort sehen lassen und uns so selbstverständlich bewegen wie möglich. Wir schütteln dem Bürgermeister die Hand, grüßen die Polizeibeamten freundlich und bleiben die honorigen Herren.«

»Ganz schön langweilig«, brummte sein Kumpel Viktor, »jetzt wo die Spannung weg ist. Ich habe noch nie verstanden, wie sich Menschen auf bürgerliche Art langweilen können.«

Am Dienstag nachmittag setzten sich die beiden Gangster gut geschniegelt und gebügelt in ihr gelbes Auto und fuhren zum Einkaufen. Die Geschäfte waren voller Menschen. Im Café am Seeufer spielte eine Unterhaltungskapelle. Im Supermarkt war Großbetrieb.

Viktor schob den Einkaufswagen, während Tom anhand einer Liste die Waren aus den Regalen holte: Milch, Schnitzel, Dauergebäck, Aufschnitt, Whisky, Waschpulver und so fort. Ein hübscher Berg von Sachen kam zusammen. An der Kasse zahlte Tom mit zwei Hundertmarkscheinen.

Als die Männer mit ihren Einkaufstaschen aus dem Supermarkt kamen, fuhr Oliver auf seiner Mofa an. Die knatterte lustig. Nur einen kurzen Augenblick versperrte Oliver dem langen Viktor den Weg. Dem paßte das nicht.

»Immer diese Halbwüchsigen!« zeterte er. »Wozu müssen so junge Rotznasen schon solche Knatterdinger haben? Ihre Eltern besitzen viel zuviel Geld.«

»Nur wir sind so arm, daß wir uns nichts leisten können«, spottete Tom, wischte sich zufrieden den Mund mit dem

Handrücken ab und schleppte seine Tüten zum Wagen. Sie wurden im Kofferraum untergebracht.

Anschließend bummelten die Männer zum Ufer, um sich im Seecafé Kirschtorte mit Schlagsahne zu bestellen. Sie erwischten einen Tisch auf der Terrasse in der vordersten Reihe, von wo aus sie bequem auf das Wasser blicken konnten. Beim Kellner bestellten sie sich Kaffee.

Bekannte tauchten auf, Grüße wurden ausgetauscht, die erwachsene Tochter des Apothekers blinzelte verstohlen zu Viktor Schenk hinüber. Das Leben ging also seinen normalen Gang, obwohl in der Nacht zum Samstag der Safe in der »Allgemeinen Kreditbank« ausgeräumt worden war.

»Noch zwei Cognac«, bestellte Tom rundum zufrieden. »Außerdem bringen Sie uns bitte die Karte für das Speiseeis.«

Die Drei-Mann-Kapelle spielte fleißig. Auf dem See tummelten sich die Boote, das sah lustig und sorglos aus. Bei diesem Anblick dachten die beiden Gangster daran, die sich jetzt über Fürst-Pückler-Eis hermachten, daß sie nun schleunigst alles vergessen mußten, was sie bisher interessierte: das Haus mit dem ehemaligen Tante-Emma-Laden zum Beispiel, den Keller, in dem sie mehrere Nächte gearbeitet hatten, den Schneidbrenner und auch den Saferaum der Bank. Was jetzt allein zählte, war das sicher angelegte Geldversteck.

Als es ans Zahlen ging, zückte Tom wieder einen Hundertmarkschein. Er gab ein gutes Trinkgeld und strich das

Wechselgeld mit einer lässigen Handbewegung ein. »So macht man das, wenn einem die Leute Wohlhabenheit und geschäftlichen Erfolg ansehen sollen«, erklärte er großspurig seinem Komplizen. »Immer mit Lässigkeit bezahlen, immer ein gutes Trinkgeld geben! Hast du gemerkt, welch tiefe Verbeugung der Kellner gemacht hat? Die Tiefe der Verbeugung richtet sich stets nach der Höhe des Trinkgeldes.«

»Du weißt eben, wie man Eindruck macht, Tom«, gestand Viktor freimütig.

Da störte eine peinlich ernste Stimme die beiden Gangster aus ihren Lebemannträumen auf. Die Stimme ließ das Fürst-Pückler-Eis sauer schmecken und riß sie aus ihrem Wohlbefinden. Denn sie klang nach Landeskriminalamt dritter Stock, nach hochnotpeinlicher Befragung und Zuschnappen von Handschellen. Unbewußt zog Tom Fandler den Rücken krumm.

»Ja, was ist?« fragte er, wobei ihm die zur Schau gestellte Lässigkeit abhanden kam. Sein Blick erfaßte Franziska Hiltorf, die bekannte Münchner Privatdetektivin. In ihrer rechten Hand hielt sie drei Hundertmarkscheine, mit denen sie verdächtig durch die Luft wedelte. He, was soll das bedeuten? Tom biß sich schnell auf die Lippen.

»Ich habe hier drei Hundertmarkscheine, mit denen Sie bezahlt haben, zwei aus dem Supermarkt und einen hier aus dem Café. Die Scheine stammen aus der ‚Allgemeinen Kreditbank', aus dem Einbruch. Was sagen Sie dazu, meine Herren?«

Das kam wie ein Überfall. Tom klappte den Mund zu und wurde bleich. Wieso war das möglich, dachte er nur.

Erschreckt erkannte Viktor, daß sein Kumpel die Fassung verlor. Das durfte nicht sein, dadurch verriet man sich! Also sagte Viktor schnell: »Das ist nicht möglich, meine Dame, das ist nicht möglich! Von dem Geld haben wir nichts gebraucht.«

Im gleichen Augenblick stockte seine Stimme, er begriff, was er gesagt hatte. Hoffentlich hatte die Privatdetektivin nicht so genau hingehört! Er fuhr also fort: »Ich meine natürlich etwas anderes . . .«

»Danke für Ihr schnelles Geständnis. Es ist mir auch klar, daß Sie die Bank ausgeraubt haben, die Kripo weiß Bescheid.«

Das durfte nicht kommen. Ehe sich Tom zu einer Ausrede aufraffen konnte, setzte Viktor über den Zaun des Cafés. Das war kein sehr eleganter Sprung, aber er landete trotzdem auf der anderen Seite. Als er das geschafft hatte, rannte er mit seinen schlenkernden Bewegungen davon. Teufel, wie er rennen konnte! Und niemand stellte sich ihm in den Weg.

»Idiot«, rief ihm Tom nach. »Du Esel verlierst die Nerven! Keiner kann uns etwas Strafbares nachweisen.«

»Mag sein, aber Ihr Komplize hat es soeben selbst zugegeben«, mischte sich eine männliche Stimme in den Wortwechsel.

Neben Franziska tauchte die hochgewachsene Gestalt des Kommissars Gotschalk auf. Er schmunzelte auf eine für

Tom höchst peinliche Art und blickte fast liebevoll auf die drei Hundertmarkscheine in Franziskas Hand. »Zu Ihrem Trost, Tom Fandler, die drei Hundertmarkscheine, die Sie ausgegeben haben, stammen natürlich nicht aus Ihrem Bankraub.«

»Ein fauler Trick also?«

»Ja, ein Trick. Ihr Kollege wird in diesem Augenblick bei Ihrem gelben Auto festgenommen; ich bin sicher, daß er damit alleine flüchten wollte. Kommen Sie bitte mit uns und zeigen Sie uns das Versteck des erbeuteten Geldes.«

»Ich denke nicht daran! Suchen Sie selber — Sie werden nichts finden!«

Kommissar Gotschalk ließ die Handschellen zuschnappen.

Als der Gangster aus dem Café geführt wurde, sah er auf der Straße drei Mofas mit blauen Wimpeln. Daneben warteten Stefani, Petra und Oliver. Sie sahen gelassen zu, wie Fandler, bevor er in den Polizeiwagen stieg, ihnen einen wütenden Blick zuwarf; dann gingen sie selbst in das Seecafé.

Hier wartete Franziska auf sie.

»Die Knaben haben sich überrumpeln lassen?« fragte Oliver respektlos. »Der dicke Tom sah jedenfalls im Gesicht aus wie Braunbier und Spucke, als er in den Polizeiwagen geschoben wurde.«

»Für meine jungen Mitarbeiter, für euch also, gibt es jetzt Eis. Einverstanden?«

»Klasse! Wir würden Fürst-Pückler-Eis vorschlagen«, antwortete Oliver für die beiden Mädchen mit.

Vergnügt nahmen die Hiltorfs am gleichen Tisch Platz, an dem noch vor wenigen Minuten die honorigen Grundstücksmakler gesessen hatten. Der Kellner, der vorhin die tiefe Verbeugung gemacht hatte, schaffte vier neue Portionen Eis heran. Dem Eis war es egal, von wem es verspeist wurde.

Als Franziska später zahlte, fiel die Verbeugung des Kellners nur äußerst knapp aus, fast unmerkbar. Das lag wohl an der Höhe des Trinkgeldes.

Wer ist Frau Konsul Wagenfurth?

Aus wäßrig-blauen Augen blickte Hoteldetektiv Bodo Kunze vom »Atlantik International« in München auf das Fernschreiben in seiner Hand. Auf dem stand zu lesen:

»Frau Konsul Hete Wagenfurth befindet sich zur Zeit in Sidney. Bei der von Ihnen beobachteten Dame könnte es sich um das vor einem Monat entlassene Kindermädchen Käthe Mießmann aus Köln-Nippes handeln, die öfter den Namen ihrer Arbeitgeberin zu Betrügereien mißbraucht hat.«

Mit allen Zeichen des Abscheus steckte sich der kleine Herr Kunze das Papier in die Tasche, um nach der juwelengeschmückten Dame zu suchen, die angab, Frau Konsul Wagenfurth aus Sidney zu sein.

So etwas hatte Herr Kunze schon seit Tagen geahnt, genaugenommen seit drei Tagen, seit die Konsulin zum ersten Mal im Hotel auftauchte. Sie lief nicht so elegant, wie Damen zu laufen pflegten, und kippte in der Bar zwei Whisky ohne Soda in sich hinein. Brauchte man mehr, um Verdacht zu schöpfen?

Aber die Dame hatte in der Rezeption einen Paß vorgelegt, der eindeutig zu belegen schien, daß sie eben jene Konsulin war. Ein gefälschter Paß also!

Was Herrn Kunze weiter mißfiel, war der zur Schau getragene Schmuck — sicher war er falsch — und die Tatsache, daß sich die Dame öfter als einmal in der Hoteletage irrte, in der ihr Zimmer lag. Bei dieser Gelegenheit hatte sie sich intensiv nach anderen Zimmern umgesehen, ein Benehmen, an dem Hoteldiebe zu erkennen waren — für geschulte Leute jedenfalls, wie Bodo Kunze einer war.

Deshalb hatte der Hoteldetektiv sein Fernschreiben mit einer Anfrage nach Sidney geschickt. Und die Antwort, die soeben eingetroffen war, gab seinem düsteren Verdacht recht.

»In ihre Brille hat die Dame Spiegelglas eingesetzt, in einer Ecke natürlich nur, so daß sie genau feststellen kann, ob sie verfolgt wird«, berichtete Herr Kunze später dem Hoteldirektor. »Das geht wie mit einem Rückspiegel im Auto. Was halten Sie davon?«

»Tun Sie Ihre Pflicht, aber bitte ohne jedes Aufsehen für unser Hotel. Sie kennen das. Ich danke Ihnen für Ihre Unterrichtung.«

Das war soviel wie ein Lob, und Bodo Kunze wußte es zu würdigen. Er heftete sich an die Fersen der recht gut aussehenden Frau Wagenfurth, die einen kleinen Höcker auf der Nase hatte und einen auffallend kräftigen Lippenstiftstrich bevorzugte.

So kam es, daß er sie am nächsten Tag im dritten Stock entdeckte, wo sie das Apartment Nr. 317 aufsuchte. Das waren zwei Luxuszimmer, die zur Zeit der brasilianische Juwelier Olavo Molina bewohnte. Im ersten Raum hatte dieser Herr gläserne Vitrinen aufgestellt, um seinen Interessenten darin kostbare Diamanten und Geschmeide vorzuführen. Es war außerdem bekannt, daß sich der Juwelier um diese Zeit des Nachmittags niemals im Hotel aufhielt, sondern seinerseits Besuche machte.

Staunend sah der kleine Hoteldetektiv vom Ende des Hotelganges, daß die Dame einen Schlüssel besaß, mit dem sie mühelos das Apartment öffnete. Augenblicke später verschwand sie hinter der Tür. Das bedeutete, er konnte eine Diebin auf frischer Tat ertappen.

Bodo näherte sich also der Tür des Juwelier-Apartments und versuchte sie leise zu öffnen. Welche Kühnheit, die Diebin hatte sich eingeschlossen! Bestimmt nur, um in aller Ruhe die Vitrinen ausplündern zu können. Schmuck für eine Million Mark bedeutete das!

Mit einem stolzen Lächeln zog er den Patentschlüssel des Hotels aus seiner Tasche, der zu allen Zimmern paßte. Er schloß auf und trat ein, mit Siegermiene, versteht sich.

Aber das Apartment war leer. Kein Mensch war zu sehen. Die Diamanten und Geschmeide lagen unberührt in ihren Vitrinen. Frau Konsul hatte sich in Luft aufgelöst.

Das durfte nicht wahr sein! Er hielt die Luft an und dachte nach. Mitten bei dieser Arbeit wurde er durch eine harte Stimme unterbrochen, die hinter seinem Rücken erklang: »Nehmen Sie die Hände hoch! Ich ahnte es, daß Sie kommen würden!«

Mit diesen Worten schob die vermeintliche Konsulin einen der schweren Fenstervorhänge zur Seite, hinter dem sie gestanden hatte, und richtete einen Browning auf den verdutzten Hoteldetektiv. Als der seine kurzen Arme befehlsgemäß in die Höhe streckte — auch kleine Detektive wollen nicht gerne ein Opfer ihres Berufes werden —, sagte die Dame: »Ihr merkwürdiges Benehmen ist mir schon lange aufgefallen — Sie wollen sich gewiß auch den Schmuck aneignen, den ich trage.«

Ehe Herr Kunze etwas dagegen sagen konnte, griff die Dame nach dem Telefon. Sie wählte die Nummer der Kriminalpolizei und verlangte Kommissar Weihrauch zu sprechen.

Kunzes Händefuchteln half nichts, vor Aufregung bekam er kein Wort heraus. So mußte er sich mit anhören, was der Kommissar über das Telefon gesagt bekam:

»Hier ist Wagenfurth, guten Tag, Herr Kollege. Sie wissen, ich arbeite im Auftrag des Verbandes der Juwelenhändler. Soeben habe ich im Apartment des Herrn Molina einen Einbrecher gefaßt, der für eine Million Diamanten an sich bringen wollte.«

Bodo Kunze standen die Haare zu Berge. Endlich kam er auf die Idee, seine Karte hervorzuholen, die ihn als Hoteldetektiv auswies. Dann stammelte er: »Wie gut, jetzt verhaften sich die Detektive gegenseitig!«

»Geben Sie mal her!« Die Dame nahm die Karte und prüfte sie genau. Dann wurde sie gnädig und sprach ins

Telefon: »Ein seltsamer Irrtum, Kommissar, der Herr, den ich vor mir habe, ist Hoteldetektiv. Ich muß also annehmen, daß er in das Zimmer kam, um die Diamanten zu schützen. Der Fall hat sich damit erledigt.«

So eine dumme Geschichte! Sie verdarb die Stimmung von Bodo Kunze für den Rest des Tages. Er schlich davon wie ein begossener Pudel und hatte nur noch den einen Wunsch, eine Vase an die Wand oder einen Stein in den schönsten Spiegel zu werfen. Da er jedoch ein braver Mann war, tat er nichts dergleichen. Bevor er das Zimmer verließ, sagte er ehrerbietig: »Unterrichten Sie bitte den Hoteldirektor nicht von diesem Vorfall, er könnte meine Stellung kosten.«

»Mach ich«, versprach darauf Frau Wagenfurth und schob ihren Browning in die Handtasche.

Allein gelassen, steckte sie die Telefonschnur wieder in die Steckdose an der Wand. Dann machte sie sich ohne Eile darüber her, die Vitrinen des Juweliers Molina gründlich zu leeren. Selbst ihre bauchige und ausdehnungsbereite Handtasche konnte die Schätze kaum fassen.

Als sie bald darauf das Hotel verlassen wollte, traf sie im Vestibül noch einmal mit Herrn Kunze zusammen, der sie aus wäßrig-blauen Augen anschaute und ihr vertraulich zunickte.

Frau Konsul wußte, was sie ihm dafür schuldig war. Sie beugte sich zu ihm und flüsterte: »Ich muß leider einen Augenblick das Hotel verlassen, aber achten Sie bitte auf den Herrn dort drüben, den mit dem grünen Schlips und den hohen Absätzen. Das ist einer von der Zunft. Er verbirgt seine gestohlenen Diamanten stets in seinen hohen Absätzen, die sich abschrauben lassen. Ihr Fall also!« Dann rauschte sie davon.

Bodo dankte der großen Kollegin inbrünstig für diesen Tip und nahm sich sofort den Herrn mit dem grünen Schlips vor. Er bat ihn diskret in ein Nebenzimmer. Mit einer Rohrzange, wie sie zur Reparatur einer Wasserleitung gebraucht wird, ging er den Absätzen der Schuhe zu Leibe. Mit so roher Gewalt ließen sie sich entfernen. Aber Diamanten kamen nicht zum Vorschein, nur die Wut des Herrn mit dem grünen Schlips. Und die kannte keine Grenzen. Er war ein Star im internationalen Showgeschäft und verlangte stimmgewaltig Schadenersatz.

Unmittelbar danach zog er aus . . .

So mußte sich Franziska Hiltorf die Geschichte anhören, die der Hoteldirektor des »Atlantik International« wütend berichtete. Sie war dazu angetan, sein Haus in tiefsten Mißkredit zu bringen, und das kam einer Katastrophe gleich. Mit einem Seidentuch wischte er sich den Schweiß von der Stirn.

»Sie lächeln, Frau Hiltorf; ich wünschte, ich könnte es auch. Mein Hausdetektiv Kunze hat sich noch nie so blamiert.«

»Jeder läßt sich einmal verblüffen, das ist Pech; trotzdem sollte sich der Fall aufklären lassen.«

»Die Polizei hat alle Unterlagen, Kommissar Gotschalk kümmert sich um den Fall, aber auch bei den früheren Hoteleinbrüchen ist nichts herausgekommen.«

»Sie sprechen von früheren Fällen? Bitte, informieren Sie mich.«

Der Hoteldirektor stöhnte, es klang trostlos. »Immer passiert es in der dritten Etage unseres Hauses, dort liegen die Luxusapartments für die besonders gut zahlenden Gäste. Die Polizei ist der Meinung, daß es sich in allen Fällen um den gleichen Täter handeln könnte, aber das halte ich für falsch. Dieser Diamantenraub ist Fall Nummer sechs im Laufe des letzten halben Jahres.« Seine dünnen Lippen zuckten nervös. »Bitte, Frau Hiltorf, was sagen Sie dazu?«

»Sicher haben Sie Ihre Gründe, warum Sie nicht an den gleichen Täter glauben?«

»Gewiß. Diesmal wissen wir genau, daß die angebliche Konsulin Wagenfurth den Diebstahl begangen hat. Genauso sicher ist sich mein Personal darüber, daß diese Dame vorher noch nie unser Hotel besucht hat. Besonders der Portier hat ein ausgezeichnetes Personengedächtnis. Selbst wenn die Dame früher mit einem anderen, falschen Paß hier gewesen wäre, der Portier wüßte es. Worum ich Sie also bitten möchte: übernehmen Sie zusätzlich den Schutz unseres Hauses vor weiteren Diebstählen! Ich räume Ihnen ein Apartment in dem gefährdeten dritten Stockwerk ein, wir führen Sie als normalen Gast, so daß niemand etwas von Ihrer Aufgabe ahnt.«

»Was halten Sie von dem Gedanken, daß es sich zwar um den gleichen Täter handelt, der sich genaue Kenntnis über Ihr Haus verschafft hat, der aber stets andere Mitarbeiter für die Ausführung der Tat bestimmt?«

»Dann — dann könnte dieser Haupttäter, von dem Sie ausgehen, vielleicht einer meiner Angestellten sein?«

»Das ist nicht auszuschließen, aber keineswegs sicher. Auf jeden Fall handelt es sich um einen Profi, der mit allen Wassern gewaschen ist. Deshalb könnte er mich sogar kennen. Ich werde Ihnen zwei junge Mädchen ins Hotel schikken, die die Beobachtungen übernehmen. Noch eine Frage: Gibt es ein Bild von der angeblichen Frau Konsul?«

»Vorgestern beim Begrüßungscocktail fotografierte unser Hausfotograf, dabei erwischte er auch Frau Wagenfurth. Wir haben ihren Kopf groß aus dem Gruppenbild, aus dem Negativ, herauskopieren lassen.« Eifrig öffnete der Direktor eine Schublade seines Schreibtisches und legte ein Bild vor. »Bedienen Sie sich, die Aufnahme steht Ihnen zur Verfügung.«

Franziska erhob sich. »Ich bin überzeugt davon, daß es in diesem Fall manche Überraschung geben wird«, sagte sie. Ihr kurzgeschnittenes dunkles Haar lag geschmeidig wie eine Haube um ihren Kopf. »Ich unterrichte Sie laufend. Drükken Sie uns den Daumen!«

»Ich bin Ihnen sehr dankbar, daß Sie sich der Sache annehmen wollen«, sagte der Direktor und begleitete seinen Gast zur Tür.

Als Franziska das Hotel verließ, ahnte sie nicht, welche Veränderung unmittelbar nach dem erfolgreichen Raub mit der Konsulin vorgegangen war. Die hatte sich mit ihrer prall gefüllten Handtasche schräg gegenüber dem Hotel, nur etwa einhundertfünfzig Meter weiter, in ein Mietshaus begeben. Aber sie suchte keine Wohnung auf, sondern lief zur Kellertreppe. Zur Kellertreppe! Das hätte in ihrer eleganten Aufmachung auffallen müssen, aber es war offenbar niemand in der Nähe, der das bemerkt haben konnte.

Der Keller war in Bretterverschläge aufgeteilt, die mit Nummern versehen waren. Jedem Mieter des Hauses stand ein solcher Verschlag zur Verfügung. Die meisten waren mit einfachen Vorhängeschlössern gesichert, ihr Inhalt war über und über mit Staub bedeckt.

Zielstrebig wandte sich die Frau einem hinten in der Ecke gelegenen Bretterverschlag zu, der die Nummer 17 hatte. In ihm war ein alter, ausrangierter Schrank untergebracht und die dazugehörige Kommode.

Die Dame öffnete das Vorhängeschloß. Als sie die Türen des Schrankes aufmachte, verbargen sie diese vor neugierigen Blicken — falls zufällig doch jemand zur gleichen Zeit in den Keller kommen sollte.

Dann geschahen seltsame Dinge: Die Dame nahm ihr Haar ab wie andere Leute ihren Hut. Die Perücke packte sie in einen Pappkarton, der auf der Kommode stand. Dann legte sie ihre Kleidungsstücke ab, Stück für Stück, und wurde dadurch um ein Stück schlanker. »Schade drum«, murmelte sie dabei, »als Frau Konsul wirkte ich so seriös. Aber in Zukunft darf ich dieses Zeug nicht mehr tragen!«

Anschließend stieg sie in graue Flanellhosen, nahm einen Sakko aus dem Schrank und band sich einen Schlips um. Ein paar Herrenschuhe vollendeten die Verwandlung.

Anschließend wurde die Handtasche entleert. Die Diamanten des Juweliers Molina kamen in einen zweiten Pappkarton und dieser in einen Plastikbeutel. Da würde niemand Diamanten im Werte von einer Million suchen . . .

Ein Detektiv als Gangsterboß?

In ihrem blau-weißen Bikini lag Stefani neben dem Schwimmbad in der Sonne und ließ sich von den Grashalmen kitzeln. Ihre Vorliebe für Blau-Weiß war verständlich, denn gerade dieses Blau stand so gut zu ihrem blonden Haar. Aber davon hatte sie im Augenblick überhaupt nichts, denn es war niemand da, der sie in dem neuen Bikini bewundern konnte. Und das war langweilig.

Franziska befand sich nämlich im Hotel »Atlantik International«, um über die Übernahme eines Kriminalfalles zu verhandeln, der hoffentlich wieder etwas Spannung ins Leben brachte. Und Bruder Oliver hockte schon seit Tagen in seinem Zimmer, um das Fotografieren mit einer Videokamera zu lernen. Beim Abendessen schwärmte er stets in den höchsten Tönen davon, besonders weil er glaubte, daß man damit spielend Verbrecher fangen könne. Ihr Bruder spann manchmal ein bißchen. Eine Kamera ist kein Fliegenleim, an dem die Verbrecher wie die kleinen schwarzen Bestien kleben blieben, aber Oliver hatte nun mal seinen technischen Tick.

Seit drei Tagen waren Petras Eltern in München. In der Zeit war mit ihrem karottenroten Wuschelkopf nicht zu rechnen. Das dauerte aber meist nicht lange. Vater und Mutter Murr mußten sich nur ihr Auto mit der neuen Kleiderkollektion füllen. Dann würden sie wieder davonfahren, von Firma zu Firma, und Petra allein zurücklassen. Stefani hatte sich an sie wie an eine Schwester gewöhnt, Petra gehörte wie selbstverständlich zu den Hiltorfs dazu. Ihr Fehlen hinterließ eine spürbare Lücke.

Als Franziska kam und von der neuen Aufgabe im »Atlantik International« berichtete, verflog auch der letzte Funke von Langeweile. »He«, sagte Stefani voreilig, »die Geschichte riecht komisch. Mir scheint, als ob der Hoteldetektiv der Mann ist, der hinter den Diebstählen steckt. Niemand weiß so genau wie er, wer in den einzelnen Zimmern wohnt, wie es dort aussieht und wann ein Einbruch günstig ist. Er braucht nur noch einen Komplizen genau zu instruieren, wie er vorzugehen hat. Logisch, nicht?«

Natürlich hatte Oliver seine Experimente mit der Videokamera unterbrochen, um an der Besprechung teilzunehmen. »Nee, Schwester«, meinte er nun, »das wäre zu einfach! Dann hätte er sich doch nicht von der angeblichen Konsulin bluffen lassen, sondern wäre ihr aus dem Weg gegangen.«

»Falsch! Herr Kunze fühlte sich beobachtet, als er das Zimmer des brasilianischen Juweliers verließ. Um nicht in Verdacht zu geraten, erfand er die ziemlich phantastische Geschichte seiner eigenen Blamage. Die war immer noch besser, als entdeckt zu werden!«

Franziska Hiltorf saß mit ihren Zwillingen auf der Terrasse, unweit des Schwimmbades, im Garten und hörte sich belustigt den Streit mit an. »Seit wann gehst du mit einer vorgefaßten Meinung an eine Sache heran«, fragte sie endlich, »es gibt tausend andere Möglichkeiten. Vorläufig fehlt uns noch jeder exakte Hinweis.«

»Ich weiß, was wir machen«, unterbrach Oliver, um begeistert fortzufahren: »Wir setzen meine Videokamera ein! Auf ein Band des Videorekorders können wir vier Stunden Aufnahmen speichern. In den Banken wird die Methode auch benutzt, um die Leute zu fotografieren, die dort Überfälle machen. Sind sie erst eimal fotografiert, dann ist es leicht, sie zu erwischen. Außerdem braucht die Videokamera nur wenig Licht, weniger als eine normale Kamera, die mit Film arbeitet.«

Grübelnd blickte Franziska auf das Wasser des Schwimmbeckens. Die Bäume spiegelten sich darin und eine weiße Wolke, die über den Himmel zog. »Ich weiß, wie wir diesen

Fall anpacken«, sagte sie plötzlich. »Er ist schwieriger, als ihr glaubt, aber hört mal genau zu.«

Petra steckte wie immer voller Schelmerei, als sie mit Stefani in das Hotel »Atlantik International«, Apartment 322, im dritten Stock, einzog. Es bestand aus einem Wohnraum, einem Schlafzimmer und dem Bad.

»Lange nicht so piekfein gewohnt«, grinste Stefani, als sie ihr neues Quartier bewunderten. »Einrichtung echt Chippendale, Vorhänge bester Qualität und ein Kühlschrank mit Sekt, Whisky und teuren Schnäpsen. Was meinst du, Petra, wollen wir das Trinken anfangen? Ich schlage vor, wir beginnen mit echt französischem Cognac, fünf Jahre alt, blumig und vollreif.« Das las sie aus der beiliegenden Getränkekarte vor.

»Quatschtüte! Sieh dir lieber das Schlafzimmer an. Das ist für Grafen, Manager oder Großbetrüger eingerichtet. Für uns ist das, glaube ich, eine Nummer zu groß.«

»Du sollst auch nicht schlafen, du sollst aufpassen und Hoteldiebe überführen. Ich denke, Oliver wollte zu uns heraufkommen?«

»Hier ist er schon!« Die Tür öffnete sich, und Oliver schleppte vorsichtig einen Koffer ins Zimmer. »Ich weiß bereits, wo ich den Videorekorder und die Kamera unterbringe, hinten in der Wäschekammer. Die ist groß und hat über der Tür ein Oberlichtfenster. Durch sie fotografiert die Kamera und ist von niemandem zu erkennen. Von dort aus läßt sich der Gang des dritten Stockwerkes gut übersehen, wenn das Hotel ein paar große Spiegel dekorativ aufstellt.«

Er machte sich an die Arbeit, seine Geräte vorsichtig auszupacken. »Was tut unser Amerikaner, der das Zimmer beziehen soll, das der brasilianische Juwelier Olavo Molina bewohnte? Franziskas Idee, einen Lockvogel für Diebe ins Hotel zu schicken, finde ich übrigens hervorragend. Erst muß ich aber eine Vorrichtung einbauen, die unsere Videokamera automatisch einschaltet, wenn jemand das Zimmer betritt.«

»Carlos Smith kommt erst morgen.«

»Sehr gut, dann bin ich damit fertig. Schaut euch mal das automatische Schaltgerät an! Damit könnt ihr auch vom Gang aus die Kamera in Betrieb setzen oder ausschalten. Das macht ihr immer, wenn sich eine verdächtige Person zeigt. Ich schätze, daß erst dann ein Dieb irgendwo eindringt, wenn ihn eure neugierigen Blicke nicht stören.«

Die Direktion des Hotels ließ bereitwillig die gewünschten Spiegel in den dritten Stock schaffen und nach Olivers Wünschen aufstellen.

Am nächsten Tag traf der Lockvogel Carlos Smith ein. Für ihn wurden vier Koffer in das Apartment Nr. 317 geschafft, das schräg gegenüber von dem lag, in dem Stefani und Petra wohnten. Carlos Smith verteilte freizügig Trinkgelder, akzeptierte die Preise des Hotels mit einem Lächeln und sagte »Kleinigkeit« dazu. In der Bar ließ er eine prall

mit Bargeld gefüllte Brieftasche sehen und zeigte, daß er »leider« nur große Scheine bei sich trage. »Er gibt an wie eine Tüte Mücken«, sagte Petra dazu. Das jedoch war Absicht.

Bald wußte das Hotelpersonal, daß Mr. Smith seine dicke Brieftasche jede Nacht völlig offen auf seinem Nachttisch liegen ließ. Er schlief tief und fest wie ein Scheunendrescher, den selbst das Abschießen einer Kanone nicht aus seinen

Träumen reißen konnte. Er war also ein Idealfall für jeden Hoteldieb.

Bodo Kunze, der Hoteldetektiv, fand das jedenfalls. Er wurde nervös und bat den Amerikaner inständig, sein Geld im Hotelsafe zu deponieren. Carlos Smith lehnte ab. Das trieb Herrn Kunzes Sorgen in schwindelnde Höhen, das sah man an den Schweißtropfen, die sich auf seiner Stirn bildeten.

Leider sind Hoteldiebe aber genauso klug wie andere Gangster, denn über das Hotel gingen Tage der Ruhe dahin. Es gab keine Diebereien, es war so friedlich wie in den schönsten Zeiten des Paradieses, wo keiner den anderen beklaute. Was die gespannte Aufmerksamkeit von Stefani und Petra heftig strapazierte. Auf Dinge aufzupassen, die nicht passieren, macht müde, sehr müde.

Bis eine Dame im Hotel auftauchte, die eine überraschende Ähnlichkeit mit der angeblichen Konsulin aufwies. Der Hotelportier sah diese Ähnlichkeit nicht, auch dem übrigen Personal fiel sie nicht auf, aber anhand des vorhandenen Bildes stellte Petra diese Ähnlichkeit fest. Allerdings hatte der neue Gast strohblondes, einfach frisiertes Haar, sah älter aus und trug überhaupt keinen Schmuck. Die Dame war nicht nach der letzten Mode gekleidet, wie die Frau »Konsul« und unterschied sich auch durch ihr Benehmen deutlich von ihr. Sie ging auch nicht in die Bar, um sich zwei Whisky ohne Soda zu genehmigen; sie schaute mit ihren kleinen, lebendigen Augen nur flink und interessiert in der Gegend herum. Noch mehr, sie blickte jedem neugierig in die Augen. Nur den Hoteldetektiv übersah sie geflissentlich, als ob sie damit ausdrücken wollte, daß er ihr völlig unbekannt sei.

War das verdächtig?

Die Dame nannte sich Käthe Wurm, wohnte angeblich in Kronhausen, einem Dorf in der Hallertau, und bekam das Zimmer 217 im zweiten Stock.

Aber es passierte nichts.

Weil sie sich viel davon versprach, verfolgte Stefani Frau Wurm auf ihrem ersten Spaziergang, den sie vom Hotel aus unternahm. Irgendwo müßte sie, wenn sie zur Diebesbande gehörte, einen Komplizen treffen, um sich mit ihm zu verständigen, dachte Stefani. Doch nichts da, sie schaute nur in Schaufenster, besonders in die mit Mode und in die, in denen es Antiquitäten gab.

Es war ein langer, mühsamer Tag, nach dem Stefani wie zerschlagen in das schöne Hotelapartment zurückkehrte: »Nichts! Die Alte hat nichts als Schaufenster betrachtet«, sagte sie respektlos. »Nicht mal 'ne Konditorei hat sie besucht, dabei hätte ich wirklich gern ein Stück Kuchen gegessen. Ich glaube, wir sitzen auf einem falschen Dampfer, die Ähnlichkeit ist nur zufällig.«

Immer, wenn sich auf dem Gang im dritten Stock etwas rührte, schalteten die Mädchen die Videokamera ein, um sie wieder auszuschalten, wenn der Gang wieder leer war; denn wozu sollte es gut sein, einen leeren Hotelgang auf dem Videoband zu haben?

Das letzte Videoband mit zweimal vier Stunden Hotelbeobachtung drückte Stefani ihrem Bruder in die Hand: »Hier, das kannst du kontrollieren, uns tun die Augen weh von dem ewig gleichen Bild. Deine Idee mit der Videokamera war ziemlich blöde.«

»Eure Beschwerden kenne ich, so etwas sagen nur Mädchen! Alles, was ich mir zu eurer Hilfe ausdenke, haltet ihr für dumm. Gebt her, ich werde euch beweisen, wie wichtig meine Technik für euch sein kann!«

Stefani lachte nur. Grinsend ließ sie ihren Bruder mit der Kassette ziehen.

Die Folgen waren allerdings ebenso störend wie aufregend. Frühmorgens um zwei Uhr rasselte das Telefon neben Stefanis Bett. Petra kam aus ihren tiefsten Träumen zum Leben zurück und hielt sich die Ohren zu: »Willst du endlich das verflixte Ding zum Schweigen bringen? Ein Verrückter raubt uns unsere Nachtruhe!«

Sehr, sehr müde langte Stefani nach dem Hörer: »Ja«, seufzte sie, »was ist los?«

»Hier ist Oliver.«

»Wir wußten es — ein Verrückter mitten in der Nacht! Laß uns gefälligst schlafen!«

»Ich habe eure Konsulin erwischt, geht das in das Reich deiner Träume ein, he? Hier ist ganz deutlich Frau Wagenfurth zu sehen, allerdings in anderer Verkleidung. Sie tritt an die Tür des Apartments 317, da wo unser Lockvogel, der Amerikaner Carlos Smith, wohnt, und rüttelt an der Tür. Die aber ist abgeschlossen.«

»Ist das wahr?«

»Glaubst du, daß ich spinne? Ich bin die Nacht über wach geblieben, um eure Aufnahmen zu kontrollieren, und da sehe ich die Bescherung.«

»Wir kommen sofort!«

»Wozu? Damit ist nichts gewonnen. Hier auf den Bildern der Videokamera holt die Frau einen Schlüssel aus der Tasche, den schiebt sie in die Tür des Apartments und fummelt herum, der Schlüssel paßt nicht. Die Frau nimmt den

Schlüssel wieder an sich und geht achselzuckend zu den Fahrstühlen. Es ist also zu vermuten, daß sie in Kürze mit dem richtigen Schlüssel zurückkehren wird, deshalb rufe ich an. Paßt also auf. Zusammen mit Carlos Smith könnt ihr die Frau auf frischer Tat ertappen.«

»Ich werd verrückt«, stammelte Stefani. »Das ist die aufregendste Meldung, die du uns machen konntest! Wir passen ab sofort auf. Danke, Oliver!«

Sie legte den Hörer auf die Telefongabel zurück. »Hast du mitbekommen, Petra, was mein Bruder zu berichten hatte?«

Petra saß bereits auf der Bettkante und fuhr sich durch das karottenrote Haar. »Ich dachte schon, daß wir nie dahinterkämen. Das endlose Beobachten zu Anfang eines jeden Falles kostet mich den letzten Nerv. Ich bin froh, daß endlich was passiert.«

Sie schlüpfte aus ihrem Pyjama und griff nach ihrer Wäsche. »Ich passe zuerst auf, was auf dem Hotelgang passiert, du kannst inzwischen in die Badewanne steigen. Später lösen wir uns ab. Hoffentlich hat die Dame ihren Diebstahl nicht bereits hinter sich.«

»Dann müßte Carlos Smith Lärm schlagen. Hast du schon etwas gehört?«

»Das nicht. Also besteht noch eine gute Chance, daß wir mit dabei sind, wenn etwas passiert!«

Die Mädchen ließen ihre Tür einen Spaltbreit offen. Durch diesen Spalt konnten sie genau den Eingang von Apartment 317 erkennen. Die Nacht vor ihrem Fenster war mild, nur manchmal zog ein frischer Luftzug ins Zimmer. Selten rollte auf der nächtlichen Straße ein Auto vorüber. Im Hotel ereignete sich nichts.

Endlich machte sich verstohlen die Sonne hinter den Münchner Häuserwänden auf, schräge Lichtstrahlen fingerten über die Dächer. Und noch immer war Käthe Wurm nicht wieder erschienen, um in das Apartment des reichen Amerikaners einzudringen.

»Sie muß durch irgend etwas gewarnt worden sein«, meinte Petra schließlich. »Wenn es erst mal hell ist, wird sie es nicht mehr wagen, ihren Raubzug zu unternehmen.«

»Dann verschiebt sie ihn eben auf morgen. Das heißt, für uns kommt eine neue lange Nacht.«

Gegen acht Uhr früh kam Oliver ins Hotel. Er war fest überzeugt davon, daß in der vergangenen Nacht eine Festnahme das Rätsel gelöst habe, und war nun sichtlich enttäuscht.

Kurze Zeit später stellte sich heraus, daß Frau Käthe Wurm in der Frühe dieses Tages wieder abgereist war.

Der Zauber-Wurm

Drei Mofas mit blauen Wimpeln ratterten am nächsten Tag in Richtung Holledau. Die Spitze machte Stefani, die eine Generalkarte in ihrer Tasche hatte. Gesucht wurde das Dorf Kronhausen, irgendwo am Rande von kreuz und quer laufenden Landstraßen, da wo das Leben noch ruhig und gemütlich war. In Kronhausen gab es weder einen Bahnhof noch eine Post. Nicht einmal ein Wirtshaus oder eine Bushaltestelle. Dort lebte Käthe Wurm, wenn man der Anmeldeliste des Hotels glauben durfte.

Das Dorf bestand aus sechs Bauernhäusern und zwölf Scheunen. Schweine grunzten auf einer Weide. Schafe reckten neugierig ihre Köpfe, als die drei Mofas durch den Ort knatterten. Als Oliver spielende Kinder an der Straße entdeckte, hielt er seine Mofa an. »Wo finden wir Käthe Wurm?« fragte er.

»Ach, Sie meinen das Museum?«

»Nein! Ich suche eine Dame, die Wurm heißt.«

»Wir sagen es ja, das Museum. Dort auf dem Hügel liegt es, dort, das Gebäude mit den vielen Scheunen ringsherum. Dort wohnt der Zauber-Wurm.«

»Wer, bitte?«

Doch die Kinder hatten von der Fragerei genug, sie rannten hinter ihrem Ball her. Oliver machte sein berühmtes dummes Gesicht. »Habt ihr das gehört?« fragte er die Mädchen. »Ich begreife nichts.«

»Ich schätze, da stimmt was nicht«, brummte Stefani mit der Stimme von Sherlok Holmes, dem großen Meisterdetektiv. »Zauber-Wurm, was soll das?«

Petras Haar war vom Fahrtwind durcheinandergewirbelt. Sie fuhr sich mit den Händen durch die Frisur, um eine leidliche Ordnung wiederherzustellen und schüttelte dann den Kopf:

»Vielleicht zaubert der Zauber-Wurm Diamanten aus dem Nichts? Einen Grund muß der Name haben! Ich schlage vor, daß wir Mädchen uns erst einmal alleine umsehen; Oliver bleibt für alle Fälle zurück — ich meine, falls wir verzaubert werden sollten!«

Sie trug, wie auch die beiden anderen, ihr Funksprechgerät an einem Halter über dem Rücken. Jetzt probierte sie es aus. »Falls es Ärger gibt, stelle ich das Gerät einfach auf Sendung, und du hörst mit, was passiert.«

»Mach ich. Seid auf alle Fälle vorsichtig, denn hier gibt es weit und breit keine Polizei. Ich habe nicht einmal ein Telefonhäuschen gesehen, von dem ich Hilfe herbeirufen könnte.«

»Du glaubst wohl an das Märchen von Hänsel und Gretel? Wir lassen uns jedenfalls nicht einsperren und fettfüttern. Stell dein Funkgerät auf Empfang und warte hier, auch wenn es länger dauern sollte.«

»Haut schon ab.«

Die Mofas der Mädchen rollten einen Hügel hinauf, direkt auf das alte Bauernhaus zu, das geheimnisvoll zwischen zwei gewaltigen Linden hervorschaute. Vierzig Meter davor erreichten sie einen Zaun aus verrostetem Maschendraht und ein offenstehendes, hölzernes Tor. Neben dem war eine Kolonie von Gartenzwergen aufgebaut. Mit ungelenken Schriftzügen stand auf einem der beiden Torflügel das Wort »Museum« zu lesen.

»Ziemlich komisch«, brummte Stefani und warf den Gartenzwergen einen abfälligen Blick zu.

Gleich hinter dem Tor stand ein altes Auto. Es hatte noch Trittbretter, wie das anno dazumal üblich war, es war knallgrün, und der Ersatzreifen war außen angeschnallt. Es besaß ein Leinenverdeck und vorne vor dem Kühler Lampen aus blankgeputztem Messing. So etwas bezeichnete man im Jahre 1925 mit dem Spitznamen »Laubfrosch«.

Toll! Der Oldtimer war auf funkelnagelneu geputzt und sah aus, als sei er eben erst seinem Besitzer übergeben worden. Um ihn herum kratzten Hühner in der Erde.

Ein Hund unmöglicher Rasse fegte wie ein Teufel aus dem Haus. Kläffend baute er sich vor den Mofas auf. Sein struppiges Fell ließ ihn wild erscheinen, wilder, als er eigentlich war, denn seine Augen wirkten verspielt und gutmütig. Als Petra und Stefani von ihren Mofas stiegen, durften sie ungehindert passieren.

Zehn Meter vom Weg ab gab es eine Scheune, deren Tür offenstand. Neugierig schaute Stefani hinein. »Schau mal dahin«, sagte sie erstaunt, »in der Scheune steht lauter alter Kram. Ein hölzernes Schaukelpferd, alte Mühlräder, ein Trog, in dem früher im Handbetrieb Butter hergestellt wurde, und tausend andere komische Dinge.«

»Mir wird schlecht. Da hängt ein Seil von einem Balken herunter — das ist ja ein Galgen, und das Seil hat eine Schlinge, in die du nur deinen Kopf hineinzustecken brauchst!«

»Danke, keinen Bedarf«, winkte Stefani ab. »Willst du mir angst machen?«

»Ich stelle nur fest. Das Beil daneben kenne ich aus dem Kino. So etwas hat früher der Henker getragen.«

Stefani fror plötzlich und schüttelte sich. »Was du alles siehst! Schau, gleich daneben gibt es bunt bemalte Bauernschränke, ein Marienbild und eine Kirchenglocke.«

»Wir sind auf einem Gerümpelplatz, das ist alles.«

»Blankgeputztes Gerümpel, möchte ich feststellen. Man könnte meinen, daß noch alles in Betrieb ist.«

»Wenn das zutrifft, dann wohnen Verrückte hier!«

In diesem Augenblick tat sich die Tür des Bauernhauses auf, und Frau Wurm erschien. Sie war es unverkennbar. Diese Frau war auf dem Videofilm zu sehen gewesen, der im »Atlantik International« aufgenommen worden war, und diese Frau ähnelte tatsächlich der Konsulin Wagenfurth.

»Das ist der Zauber-Wurm«, rief Stefani leise. »Mensch, jetzt wird mir einiges klar!«

Die Frau mit den strohblonden Haaren steckte in einem einfachen Arbeitskleid. Sie kam den Mädchen entgegen. Wie die Hexe bei Hänsel und Gretel sah sie nicht aus, aber wenn man sich an die Gartenzwerge erinnerte, an den Galgen und an die alten Mühlsteine, also an ihr Besitztum, dann konnte einem doch anders werden.

»Ihr wollt das Museum besuchen?« fragte die Frau.

»Sie sind Frau Wurm?«

»Käthe Wurm, ja, das bin ich. Hat sich endlich herumgesprochen, welche Kostbarkeiten ich zusammengetragen habe?«

Das sagte sie wirklich! Sie mußte wahnsinnig sein. Dabei lächelte sie. Das sah gutmütig und mitteilungsbedürftig aus. Sollte sie die Diamanten des brasilianischen Juweliers geklaut haben, um sie in ihrem Pseudo-Museum ausstellen zu können? Petra jagte ein kalter Schauer über den Rücken.

»Ja, wir wollen uns alles ansehen«, sagte Stefani. »Wir wissen, daß Sie vor zwei Tagen in München waren, im Hotel ‚Atlantik International' . . .«

»Ja, das stimmt. Aber dort weiß niemand etwas von den Schätzen, die ich zusammengetragen habe.«

Besser als Sie denken! wollte Petra antworten, aber sie biß sich schnell auf die Zunge. Dafür fragte sie: »Ich habe mir sagen lassen, daß Sie der ‚Zauber-Wurm' genannt werden?«

»Das ist lange her. Als ich so jung war wie ihr, war das so.« Die Frau lächelte in wehmütiger Erinnerung. »Jetzt weiß ich, was ihr sehen wollt. Folgt mir, ich zeige euch den Zirkus. Mein Vater hat dieses Museum angefangen, immer dann, wenn sein Zirkus im Winter nicht auf Reisen gehen konnte. Seit eines Tages auch mein Mann starb, muß ich es alleine machen. Mit dem Auto, das ihr am Eingang gesehen habt, fuhr mein Vater zu seiner letzten Vorstellung, er war nämlich Trapezkünstler. Seither ist es nicht mehr benutzt worden.«

»Ich denke, Ihr Vater war Zauberer?«

»Das ist mein Mann gewesen. Ich trat als seine Assistentin auf. Wir konnten alles verzaubern und verschwinden lassen, was wir wollten.«

»Aha, ich verstehe«, sagte Stefani plötzlich scharf. »Sie können auch Diamanten verschwinden lassen?«

»Natürlich. Die Hauptsache ist, daß es welche gibt. Diamanten sind nämlich selten. Wir haben Glasperlen dazu genommen. Wenn sie geschliffen sind, blitzen sie fast genauso gut.«

Mannomann, das sollte nur eine Art Vernehmung sein, und diese Frau witschte ihnen mit ihren Antworten immer davon!

Sie schrak vor keiner Frage zurück, zuckte niemals zusammen und dachte nicht daran, ihre Gedanken zu verstecken, den Eindruck machte sie jedenfalls. Ja, auch Diamanten konnte sie verschwinden lassen! Das sagte sie so stolz wie eine Zirkusdiva.

Die Mädchen liefen mit Frau Wurm um das alte Bauernhaus herum. Es zeigte sich, daß das Gerümpellager dieser Frau weit größer war als vermutet. Sie kamen an einem Zirkuswagen vorbei, der einst von zwei Pferden gezogen wurde. Auf seiner buntbemalten Front, von der die Farbe längst abblätterte, war zu lesen: »Zirkus Wurm«, und klein über der Tür das Wort »Direktion«. Hinter den Fensterscheiben hingen ehemals weiße Gardinen. Vor der Deichsel stand anstelle der Pferde eine Konservendose mit frischen Blumen.

»Hier herein«, sagte Frau Wurm. Sie schob ein breites Scheunentor auf. »In diesem Lager befindet sich alles, was zu unserm Zirkus gehört. Morgen könnte ich wieder mit Vorstellungen anfangen, noch ist alles in Ordnung. Nur leider — die Tiger fehlen.«

Da war zusammengerollt ein großes Zirkuszelt. Davor lagen, säuberlich aufgereiht, die Stangen, die zum Stützen gebraucht wurden. An der Hinterseite der Scheune waren die Sitzbänke aufgestapelt, mit rotem Samt bezogen und mit Sitznummern versehen. Davor standen eiserne Käfige, aber von Löwen, Tigern oder Elefanten war natürlich nichts mehr zu sehen.

In dem Durcheinander sollte man eine Handvoll kostbarer Diamanten suchen? überlegte Petra. Das konnte eine Ewigkeit dauern! Hatte Frau Wurm nicht zugegeben, daß sie alles verschwinden lassen konnte? Nach einem Profiverbrecher sah sie gewiß nicht aus, aber sicher war sie eher verrückt. Aber sind Verrückte so stillvergnügt wie diese Frau?

»Wißt ihr, was das ist?« fragte sie soeben und deutete auf einen schwarzen Vorhang, der kreisrund aufgehängt war, vielleicht an einem alten Wagenrad oder an einem ebenso großen Ring.

»Dahinter hat sich früher ein Zauberer versteckt?« riet Stefani.

»Paßt auf, ich zeige es euch.« Frau Wurm zog den runden Vorhang auseinander, der innen gerade Platz genug für einen Menschen bot und schlüpfte hinein. Sie zog den Stoff hinter sich zu und sagte: »Jetzt müßt ihr genau aufpassen; aber ihr kommt bestimmt nicht dahinter, wie es passiert. Es geht los: Abrakadabra . . .«

Plötzlich schwieg die Stimme. Auch der Vorhang bewegte sich nicht mehr. Es passierte nichts, rein gar nichts.

»Wir sehen Sie nicht«, sagte Stefani. »Was soll denn losgehen?«

Kein Wort.

Der Vorhang schwebte leicht hin und her. Die Mädchen griffen danach, erwischten die Enden und zogen ihn auf.

Der Innenraum war leer, Frau Wurm verschwunden.

Unfaßbar!

»Ich glaube, ich werde verrückt«, sagte Petra.

Sie lauschten. In der zweiten Scheune blieb alles still. Es war fast zum Angst kriegen. Zum Glück stand das große Scheunentor noch auf, Tageslicht fiel herein. Kurz entschlossen nahm Stefani ihr Sprechfunkgerät, das sie mit Oliver verband und sagte:

»Hör zu, uns ist soeben eine Dame verlorengegangen.«

»Kannst du dich vielleicht deutlicher ausdrücken, Stefani? Welche Dame ist weg? Und wo ist sie verschwunden?«

»Frau Wurm hat sich selber weggezaubert! Komm uns nach, aber achte auf den Hund, der dich am Eingang begrüßt. Er läßt dich vorbei, wenn du von der Mofa absteigst und läufst.«

»Bei euch ist wohl eine Schraube los?«

»Genau!« stöhnte Stefani. »Anders ist nicht zu erklären, was sich hier abgespielt hat.«

Von den aufgestapelten Sitzreihen her erklang ein helles Lachen. Natürlich fuhren die Mädchen herum. In gut zehn Meter Entfernung sahen sie Frau Wurm. Sie machte eine Verbeugung wie im Zirkus nach gelungener Vorführung, wenn der Artist seinen Beifall erwartet. »Habe ich euch zuviel versprochen?«

»Wie war das möglich«, stotterte Petra, »wie sind Sie aus dem Vorhang verschwunden?«

»Das ist mein Geheimnis, das wird nicht verraten. Von solchen Tricks lebt der Zirkus. Aber jetzt bitte ich euch, kommt zu mir ins Haus, ich mach euch einen Kaffee. Wollt ihr? Später könnt ihr auch die anderen Museumsgebäude ansehen, aber ich sage euch vorher: Verkauft wird davon nichts.«

Vor dem Wohnhaus trafen die Mädchen mit Oliver zusammen, der gehorsam seine Mofa schob und von dem struppigen Hund Schritt für Schritt begleitet wurde.

»Heute ist großer Besuchstag für mein Museum«, freute sich Frau Wurm. »Junger Mann, ich lege bei meiner Führung eine Kaffeepause ein, kommen Sie gleich mit. Wenn wir uns gestärkt haben, geht die Führung weiter.«

Darauf machte Oliver ein Gesicht, das nicht zu beschreiben war, der Ausdruck lag zwischen dumm und verdattert. Er forderte das helle Gelächter der Mädchen heraus, obwohl sie selber nicht recht wußten, woran sie waren.

Sie kamen in ein Wohnzimmer mit einem hübschen bunten Kachelofen und Biedermeiermöbeln, es sah aus wie in einer vergangenen Zeit. Ein Bild über der Anrichte, in Öl gemalt, stellte einen Trapezkünstler in altväterlichem Trikot und mit einem gewaltigen Schnauzbart dar. Das mußte der Vater von Käthe Wurm sein. Er sah gutmütig aus, sein Siegerlächeln wirkte gewaltsam.

»Er sitzt immer mit am Tisch, wenn ich alleine bin«, sagte Frau Wurm. »Nehmt Platz, ich brühe den Kaffee auf. Gestern habe ich Pflaumenkuchen gebacken, der wird euch schmecken. Habt etwas Geduld.«

Damit verschwand sie in der Küche.

Eine merkwürdige Situation. Eine Frau Museumsdirektor über altem Plunder, die die Besucher ihrer Sammlung zu Kaffee und Kuchen einlud, wo gab es denn so etwas? Ganz sicher nur in Kronhausen, am Rande der Welt.

Oliver plusterte sich auf: »Was treibt ihr hier um alles in der Welt? Ich denke, wir suchen nach einer Hoteldiebin? Will uns die mit Pflaumenkuchen bestechen? Und wer ist die Frau, die euch abhanden gekommen ist?«

»Die Abhandengekommene ist die mit dem Kaffee und dem Pflaumenkuchen. Gleich nachdem ich dir Bescheid gesagt habe, tauchte sie wieder auf. Sie kann nämlich zaubern.«

»Seit wann spinnst du? Es gibt keine Zauberei, höchstens Illusionen.«

»Wir werden sie darum bitten, noch einmal für dich in den schwarzen Vorhang zu kriechen, und du wirst dich wundern.«

Gerade wollte Oliver unhöflich antworten, da öffnete sich die Küchentür. Frau Wurm kam herein. Ihre Ähnlichkeit mit dem Bild der Frau Konsul war, wenn man sich einmal an den Gedanken gewöhnt hatte, nicht zu übersehen. Sie hatte sich schnell eine hübsche weiße Bluse angezogen und einen braunen Rock, was sie ansehnlicher machte.

Sie trug ein Küchenblech mit selbstgebackenem Pflaumenkuchen vor sich her und stellte es auf den Tisch. »Ein Messer bringe ich noch. Der Kaffee ist auch gleich fertig. Mögt ihr Schlagsahne dazu?«

»Besonders gerne«, antwortete Oliver schnell, seine sonstige Bescheidenheit vergessend, und schnupperte. Der Kuchen roch hervorragend, er war eine Wucht. Unter diesen ungewöhnlichen Umständen war Oliver bereit, seine knallharte Vernehmung bis nach der Vertilgung des Kuchens zu verschieben.

Statt dessen musterte er Frau Wurm interessiert, die Frau, die seine Videokamera vor dem Apartment Nr. 317 erfaßt hatte. Die Ähnlichkeit mit der Konsulin stellte er abermals fest. Nur die Haarfarbe paßte nicht. Außerdem war die Konsulin erheblich dicker. Und jünger. Und doch auch wieder anders. Schwierig, ein solcher Vergleich!

»Du musterst mich so interessiert«, sagte die Dame mit dem Pflaumenkuchen unvermittelt. »Erinnere ich dich an jemanden? Ich habe mich seit vielen Jahren nicht verändert, nur älter bin ich geworden. Früher trat ich im Zirkus Wurm auf, das waren herrliche Zeiten. Hast du den Zirkus noch gekannt?«

»Ich glaube nicht.« Oliver wurde dummerweise rot. Wieso hatte Frau Wurm sein Interesse bemerkt? Seine Vergleiche hatte er doch ganz unauffällig angestellt!

Frau Wurm aß eifrig mit — »in Gesellschaft schmeckt es immer viel besser«, meinte sie —, und manchmal streifte ein warmer, freundlicher Blick ihre Gäste.

»Ihr wundert euch gewiß über mein Museum«, begann sie nach einiger Zeit. »Glaubt mir, das ist eine wundervolle Sache, nur hat niemand Verständnis dafür. Alles alter Trödel, heißt es oft. Dabei sammle ich Gegenstände, die unsere Großväter und Urgroßväter zu ihrem Leben brauchten, Bilder, die damals gemalt wurden, und Kleider aus jener Zeit. Hinten auf meinem Grundstück steht sogar eine alte Dampflokomotive. Als sie damals ausrangiert wurde, hat sie mein Vater billig gekauft und wurde deswegen ausgelacht. Die alte Lok funktioniert heute noch.«

»Was machen Sie damit?« wollte Stefani wissen.

»Das Museum ist für Leute, die wissen wollen, wie die Menschen um die Jahrhundertwende gelebt haben. Die Zeit hat sich so schnell verändert, daß niemand mehr weiß, wie es damals war.«

»Wird das Museum viel besucht?«

»Nein. Es ist jedesmal für mich ein Fest, wenn ein Besucher kommt. So wie ihr zum Beispiel.«

»Es kostet viel Geld, das alles zusammenzutragen, woher kommt das?« Oliver war stolz auf seine Frage, die er in fast gleichgültigem Ton hervorgebracht hatte. Jetzt müßte sich Frau Wurm verraten, dachte er . . .

Käthe Wurm lächelte verträumt, die Beantwortung der Frage machte ihr keine Schwierigkeiten: »Das Geld stammt aus unserm Zirkus. Damals, als ich jung war, verdiente ein Wanderzirkus noch gutes Geld. Mein Vater trug alles für schlechte Zeiten auf eine Bank. Als er tot war, machte es mein Mann ebenso. Nach mir gibt es niemanden mehr, der das Geld gebrauchen kann. Deshalb will ich der Nachwelt mein Museum hinterlassen. Käthe Wurm war eine großartige Frau, soll es einmal heißen, wenn ich nicht mehr lebe.«

Die ist verrückt, glatt verrückt! Oliver schüttelte den Kopf. Seine verfängliche Frage hatte nichts eingebracht. Oh, nichts klappte! Die Dame hatte Ausreden wie geschmiert. War sie nun so harmlos, wie sie tat, oder war sie besonders gerissen?

»Was machten Sie eigentlich in München, im ‚Atlantik International'?« fragte Stefani.

»Alle halbe Jahre fahre ich für zwei Tage nach München, um mir die Schaufenster anzusehen und zu erfahren, was es an Neuem gibt. Im ‚Atlantik' war ich zum ersten Mal, ich suche mir für jeden Besuch ein anderes Hotel aus. Dabei passierte mir sogar ein großes Pech.«

»Pech? Was war das für ein Pech?«

»Der Fahrstuhl brachte mich in den dritten Stock, statt in den zweiten. Ich ging zu meinem Zimmer, es fiel mir nicht auf, daß ich im falschen Stockwerk war, denn der Hotelgang sieht genauso aus. Ich versuchte also, meine Tür aufzuschließen. Stellt euch vor, ich wäre zu einem anderen Gast ins Zimmer gekommen! Der hätte mich gewiß für eine Diebin gehalten. Vor Aufregung darüber habe ich die nächste Nacht nicht schlafen können.«

Oliver holte tief Luft. Die will mir eine Ausrede um den Bart schmieren, dachte er. Ha, wie komisch! Das ließ schon wieder auf Gerissenheit schließen!

Ganz anders Frau Wurm. Sie lächelte vertrauensselig: »Es ist schön, daß ihr meine Gäste seid. Es ist lange her, daß ich meinen letzten Besuch bekam. Ahnt ihr, was Einsamkeit bedeutet? Manchmal komme ich schwer darüber hinweg.«

»Ich weiß auch etwas Interessantes«, sagte Oliver grimmig, um endlich zum Ziel zu kommen: »In dem Zimmer, das Sie versehentlich betreten wollten, wohnte eine Woche vorher, am elften August, der brasilianische Juwelier Olavo Molina. In sein Apartment drang heimlich eine Dame ein und stahl für eine Million Diamanten. Was sagen Sie dazu?«

»Ich hasse Diebereien. Wer läßt auch Schmuck in seinem Zimmer liegen? So etwas gehört in das Hotelsafe.«

»Hier ist das Bild der Dame, die das Verbrechen ausführte.« Oliver, der nun aufs Ganze ging, zog das Foto aus seiner Tasche und hielt es Frau Wurm hin. Jetzt mußte es sich zeigen . . .

Nein, nichts zeigte sich. Käthe Wurm sagte vielmehr: »Ein erstaunliches Gesicht. Das hier könnte meine Tochter sein oder eine Nichte von mir . . . Aber ich habe leider keine Kinder. Findest du die Ähnlichkeit mit mir nicht verblüffend?«

»Allerdings«, stotterte Oliver, »das finde ich auch.«

»Am elften August, sagtest du. An diesem Tag war ich unten im Dorf beim Bauern Jakob. Wir haben einen alten Backofen abgebaut, der seit Jahren nicht mehr gebraucht wird. Den errichte ich jetzt auf meinem Gelände.«

»Am elften August?«

»Genau! Findest du das nicht seltsam: Während ich das tue, wird in München gleichzeitig ein Millionenraub ausgeführt! Manchmal fasse ich nicht, wie viele verschiedene Dinge zu gleicher Zeit auf unserer Welt passieren können.«

Frau Wurm erhob sich, ging mit der leeren Kaffeekanne in die Küche und füllte sie neu. Die Tür fiel hinter ihr zu.

Schweigen.

Als erste durchbrach Petra die Ruhe: »Ich glaube, wir sind auf einem falschen Dampfer. Frau Wurm und die angebliche Konsulin Wagenfurth sind nicht die gleiche Person. Daß sich Frau Wurm in der Hoteletage geirrt hat, ist absolut möglich. Unsere großartige Spur war falsch.«

Als Käthe Wurm den neuen Kaffee brachte, sagte sie: »Zeige mir bitte noch einmal das Bild der Dame, die Ähnlichkeit mit mir hat; mir ist etwas aufgefallen. Zirkusleute haben nämlich ein gutes Gedächtnis für bestimmte Dinge.«

»Bitte!« Gespannt reichte Oliver das Bild über den Tisch.

»Ich meine den Schmuck. Genauso ein Kollier aus wunderbar geschliffenen, künstlichen Steinen, ganz billig, aber sehr attraktiv, trug bei ihren Auftritten meine Schwester. Sie war Trapezkünstlerin und trat zusammen mit meinem Vater auf. Sie ist ein Jahr älter als ich und nannte sich auf den Plakaten Miß Cordonas. Der Name war einer weltberühmten Truppe nachempfunden. In Wirklichkeit hieß sie Hedwig. Sie heiratete und bekam den Namen Heller.«

»Wo befindet sich Ihre Schwester heute?«

»Das kann ich euch leider nicht sagen, sie ist verschollen. Im Zirkus kann sie bestimmt nicht mehr auftreten. Sie hörte vor dreißig Jahren bei uns auf, weil sie ein Kind erwartete. Es war ein Junge, den sie Gert nannte.« Sie lächelte in der Erinnerung. »Gert wurde ein hübscher junger Mann, der eines Tages Schauspieler werden wollte, aber das hat er wohl nicht geschafft.«

Was Frau Wurm da aus ihrem Gedächtnis auskramte, war für den anstehenden Fall gewiß nicht interessant, meinte Oliver. Es gab eine Ähnlichkeit mit dem Kollier der Konsulin — na wenn schon! Frau Wurm hatte eine Schwester etwa im gleichen Alter — warum nicht? Käthe Wurm hatte ja zugegeben, daß sie selber es war, die versucht hatte, in das Apartment 317 einzudringen . . . Es blieb also nur der Zweifel an ihren Absichten, aber gestohlen hatte sie bei Carlos Smith sicher nichts. Hier kam man also nicht weiter.

Als die drei mit ihren Mofas davonfuhren, stand Käthe Wurm vor ihrem Haus und sah ihnen gedankenvoll nach, noch als sie längst verschwunden waren.

Eine klassische Verfolgung

Im Vestibül den Hotels »Atlantik International« nahm Petra kaum von dem Herrn Kenntnis, der, an einem Stock gehend, langsam die Hotelhalle durchquerte. Erst später erinnerte sie sich an die Einzelheiten. Der Fremde gehörte nicht zu den Hotelgästen, wahrscheinlich besuchte er nur jemanden. Aber er wußte Bescheid, jedenfalls meldete er sich nicht beim Empfang und ging direkt auf die Fahrstühle zu. Der alte Herr hatte einen kleinen Höcker auf der Nase und jugendlich wirkende, lebhafte Augen, die schnell hin und her huschten.

Ein paar Minuten später fuhr Petra selber zu ihrem Zimmer im dritten Stock. Der Hotelgang war leer, wie meistens.

Sie erreichte die Tür des Apartments 322 und trat ein. Stefani war gerade dabei, »Kampfbemalung« anzulegen. Seit die Mädchen im Hotel lebten, hielten sie es für zweckmäßig, etwas erwachsener aufzutreten.

»Ich fange an, weiße Mäuse zu sehen«, erklärte Petra der Freundin. »Eben ging ein alter, grauhaariger Herr unten in der Halle an mir vorüber, und jetzt, hinterher, bilde ich mir ein, daß er eine Ähnlichkeit mit der Konsulin hatte! Was für ein Stuß!«

»Geht mir auch so«, gestand Stefani und malte vorsichtig ihre Lippen. »Ich will froh sein, wenn diese Schminkerei zu Ende ist. Gegen einen Lippenstift habe ich ja nichts, aber alles andere kommt mir wie Kinderei vor.«

»Warte ab; wenn du älter wirst, ist es keine Kinderei mehr.«

»Machst du mit, ich habe Appetit auf einen Eisbecher, einen mit Früchten drin und einer Haube Schlagsahne obenauf.«

»Moment, da ist was los, ich habe es deutlich gehört. Das Geräusch klang, als ob jemand die Tür von Apartment 317 geöffnet hat. Sei still, ich schau mal nach.«

Vorsichtig öffnete Petra die Tür zum Hotelgang einen Spaltbreit, drückte ihren karottenroten Schopf dagegen und linste nach draußen. Sie erblickte den alten Herrn von vorhin, aber leider ließ sich nicht mehr erkennen, ob er aus Apartment 317 gekommen war. Allerdings befand er sich noch in unmittelbarer Nähe.

Seinen Stock hatte er sich unter den rechten Arm geklemmt. Mit tänzelnden, elastischen Schritten, die Zufriedenheit auszudrücken schienen, lief er in Richtung zu den Fahrstühlen. Er wirkte plötzlich wie ein kraftvoller junger Mann, dem aus Versehen graue Haare gewachsen waren.

Petra stieß die Tür vollends auf, sie knarrte etwas.

Der Davoneilende hörte es. Er stützte sich schnell wieder auf seinen Stock und lief schwerfällig weiter, genauso, wie er es unten in der Halle getan hatte.

»Mein Grauhaariger am Stock ist ein Simulant«, flüsterte Petra aufgeregt. »Ob er wirklich im Apartment unseres Lockvogels war, wird uns später die Videokamera verraten. Für alle Fälle müssen wir feststellen, wo er wohnt und wer er ist.«

Schnell griff sie nach ihrer kleinen, dunklen Kappe, denn ihr rotes Haar fiel stets zu sehr auf. Zusammen mit Stefani, die schnell ihren Lippenstift aus der Hand gelegt hatte, rannte sie den inzwischen leeren Gang im dritten Stock entlang.

Ungeduldig warteten die Mädchen auf den nächsten Fahrstuhl, bissen sich auf die Lippen, als das Ding viel zu langsam in die Tiefe schwebte und erreichten die Halle gerade, als der grauhaarige Herr, an seinem Stock gehend, durch die gläsernen Hoteltüren auf die Straße trat.

»Wir trennen uns. Eine klassische Verfolgung, wie sie uns Franziska beigebracht hat!« rief Stefani. »Ich mache den Anfang.«

»Also los!« Petra setzte sich das Hütchen auf, das sie sich aus dem Zimmer mitgenommen hatte. Draußen sah sie, daß ihre Freundin dem Grauhaarigen in einiger Entfernung folgte. Sie verdrückte sich auf die andere Straßenseite.

Es ging die Krakauer Straße entlang. Zweimal mußte der jetzt wieder recht gebrechliche Herr innehalten und sich umdrehen. Wahrscheinlich wollte er feststellen, ob ihm jemand vom Hotel aus folgte. Das blonde Mädchen Stefani, das mit jugendlicher Fröhlichkeit über die Straße bummelte und nur Interesse für Schaufenster zu haben schien, konnte ihm

dabei nicht auffallen. An der nächsten Bushaltestelle blieb er stehen.

Stefani mußte sich deshalb die Auslagen in einem Geschäft für Herrenhüte ansehen, ausgerechnet! Dann kam ein Süßwarenladen, vor dem sie auch nicht endlos stehenbleiben konnte. Es wurde also Zeit, die Rollen zu tauschen.

Der grauhaarige Herr benutzte den nächsten Bus. Im letzten Augenblick huschte Petra ebenfalls in den Bus und blieb am Eingang stehen. Die Fahrt ging in Richtung Schwabing. Der Bus füllte sich erheblich, und Petra verlor ihren Mann aus den Augen. Das schadete nichts, denn er mußte wieder an ihr vorbeikommen, wenn er aussteigen wollte.

In Schwabing kämpfte sich der grauhaarige Herr energisch zum Ausgang vor. Er sprang als erster aus dem Bus; so schlecht war es also nicht mit seinen Beinen bestellt. Als auch die anderen Fahrgäste ausgestiegen waren, drückte sich auch Petra hinaus. Sie begab sich in den Schutz des nächsten Hausflurs.

Bitte, der Mann mit dem Stock schöpfte keinen Verdacht. Als er weit genug entfernt war, löste sich Petra aus ihrer Deckung und folgte ihm vorsichtig. Ich kriege dich, mein Alter! dachte sie vergnügt. Er hatte sich verdächtig genug gemacht; sie zweifelte nicht mehr daran, diesmal auf der richtigen Spur zu sein.

Es ging durch zwei Seitenstraßen. Sie waren baumbestanden und nur wenig belebt. Ab und zu kam ein Auto vorbei. An einem Mäuerchen spielten Kinder mit einem Ball.

Der Grauhaarige gab es mehr und mehr auf, sich auf seinen Stock zu stützen. Plötzlich wandte er sich einem älteren, dreistöckigen Mietshaus zu, öffnete die Haustür und verschwand dahinter.

Petra nahm also ihre Beine in die Hand, rannte auf das Haus zu und betrat es selber. Sie hörte den Verfolgten im zweiten Stock. Er ging weiter die Treppe hinauf, erreichte das oberste Stockwerk. Klingelte an einer Wohnungstür. Die lag der Treppe gerade gegenüber. Petra hielt die Luft an und lauschte.

Stürmisch öffnete oben ein junger Mann die Tür: »Hallo, Gert — gut, daß du wieder da bist. Hat alles geklappt?«

»Nicht viel, aber laß mich erst hinein.«

Das Schurren von Füßen war zu hören. Ein Lachen. Das Klappen der Tür. Von da an blieb im Haus alles ruhig.

Was tun? Petra wurde leichtsinnig. Sie nahm zwei Stufen auf einmal und läutete an der gleichen Tür. Dabei merkte sie sich den Namen, der auf dem Messingschild eingraviert war. Er lautete »Heller«.

Der gleiche junge Mann öffnete die Tür wieder. Er hatte Sommersprossen im Gesicht und stumpfe graue Augen. »Ja, bitte?« sagte er und sah das junge Mädchen neugierig an.

»Ich bin einem älteren Herrn gefolgt, der soeben an der letzten Haltestelle aus dem Bus gestiegen ist, aber ich konnte ihn vorher nicht einholen. Er hat beim Aussteigen sein Zigarettenetui verloren, das wollte ich ihm zurückbringen.«

»Nett von Ihnen.« Der junge Mann war recht unsicher. Er streckte die Hand aus, um das Fundstück entgegenzunehmen.

»Ich möchte dem Verlierer das Stück gerne selber zurückgeben, Sie verstehen — falls es ein Irrtum ist.«

Darauf machte sich hinter dem Sommersprossigen Bewegung bemerkbar. Ein zweiter Mann erschien, der tiefliegende Augen und eine niedrige Stirn hatte. »Meinen Sie mich? Ich bin soeben nach Hause gekommen, aber ich habe keinen Autobus benutzt.«

»Nein, ich suche einen grauhaarigen, schlanken Herrn, der am Stock ging.«

»Hier gibt es nur uns beide, Sie müssen sich irren.«

Petra atmete noch hastig. Vergebens versuchte sie einen Blick in die Wohnung zu erhaschen. »Das — das verstehe ich nicht. Ich habe ihn deutlich die Treppe hinaufgehen sehen.«

»Eine Verwechslung, mein Fräulein. Sicher ist der Herr, den Sie suchen, weitergelaufen, während Sie mich ins Haus gehen sahen. Aber was soll das, uns gehört das Zigarettenetui nicht. Schönen Dank für Ihre gute Absicht!«

Die Tür flog zu.

Aber es gab keinen Irrtum! Niemand anders war in das Haus gegangen als der grauhaarige Mann vom »Atlantik International« — und nun war er verschwunden wie Käthe Wurm, die hinter einen schwarzen Vorhang trat und Abrakadabra aufsagte . . .

Mit der Gewißheit, eine Dummheit gemacht zu haben, trottete Petra die Treppe des Hauses hinunter. Auf der Straße sah sie sich um. Natürlich war der Grauhaarige mit dem Spazierstock nirgends zu sehen, das wäre ja auch ein Wunder gewesen!

Petra lief zurück zur Bushaltestelle.

Hexerei, dachte sie, die gibt es doch nicht. Also bin ich belogen worden. Man wird aber nur belogen, wenn etwas faul ist . . .

Menschen verschwinden nicht am laufenden Band

»Schaut euch das an«, sagte Oliver, als Stefani und Petra in Grünwald eintrafen. »Die Videokamera hat sich bewährt, euer grauhaariger Herr hat das Apartment 317 mit einem Nachschlüssel geöffnet. Carlos Smith, unser Lockvogel, hat bestätigt, daß die fünfhundert Dollar, die für diesen Zweck bereitlagen, von dem Dieb eingesteckt wurden. Die Nummern der Scheine sind bekannt, alle Banken sind unterrichtet. Also . . .«

»Ich habe es geahnt!«

Eifrig suchte Oliver auf dem Videorekorder die Stelle, wo der der Grauhaarige leichtfüßig über den Hotelgang geeilt war, um gleich darauf seinen Stock zu Hilfe zu nehmen und den Gebrechlichen zu spielen. »Wir haben also den Hoteldieb, oder wenigstens einen von ihnen. Weißt du, wo er wohnt, Petra?«

»Leider hat es eine Panne gegeben, eine dämliche Panne. Warum ich die Dummheit mit dem angeblich gefundenen Zigarettenetui gemacht habe, kann ich nicht erklären. Jedenfalls behaupteten die beiden Männer, die ich in der Wohnung antraf, den Grauhaarigen nicht zu kennen. Der hat sich demnach in Luft aufgelöst.«

»Offenbar behandeln wir zur Zeit den Fall der verschwundenen Menschen«, sagte Stefani ärgerlich. »Zu blöde ist das. Erst passiert die Geschichte mit der angeblichen Konsulin, die seither nicht mehr auftauchte, dann bewies uns Käthe Wurm, daß sie mühelos verschwinden kann, und jetzt schafft das sogar ein grauhaariger Herr. Das ist eine verblüffende Gleichartigkeit der Ereignisse — aber Menschen verschwinden nicht am laufenden Band!«

»Es gibt noch mehr, was sich gleicht. Immer besaß der Dieb einen Nachschlüssel für das Apartment, das er ausraubte, immer wußte er bestens Bescheid, niemals hat er umständlich nach seiner Beute gesucht, er fand sie im Gegenteil schnell und zielsicher. Und jedesmal hatte er die Tat innerhalb von Minuten ausgeführt, ohne Fingerabdrücke zu hinterlassen oder andere Spuren. Die Polizei ist nach wie vor davon überzeugt, es in allen Fällen nur mit einem Täter zu tun zu haben.«

»Das stimmt nie und nimmer. Die Konsulin ist bekannt, jedenfalls gibt es ein Bild von ihr, und jetzt kennen wir auch den Grauhaarigen — das sind schon zwei.«

Dieses Gespräch fand im Garten der Hiltorfs statt. Nur Franziska, die sich mit einem großen Apfel beschäftigte, hatte bisher noch nichts dazu gesagt. Sie schwieg auch weiter. Das Knirschen des Apfels unterbrach die Stille, die die Ratlosigkeit ausgelöst hatte.

Endlich schaltete auch sie sich ein. »Die Polizei hat schon recht, zufällige Gleichartigkeit bei der Tatausführung ist selten, damit kann man nicht rechnen. Allerdings vermag ich in unserm Fall auch nicht zu erkennen, wie da immer der gleiche Täter am Werk gewesen sein soll. Was wollt ihr jetzt tun?«

»Wir sollten uns Bilder von den beiden Männern beschaffen, die Petra in der Wohnung getroffen hat, in der sich der Grauhaarige angeblich in Nichts aufgelöst hat«, schlug Oliver vor. »Bilder von ihnen und allen Personen, mit denen sie zusammen sind. Ich könnte mir vorstellen, daß wir in der Nähe dieses Hauses in passender Lage ein möbliertes Zimmer mieten. Von dort aus könnte Petra mit ihrem Teleobjektiv tätig werden. Diese Fotos legt Franziska dem Erkennungsdienst der Polizei vor.«

»Wenn du dir etwas davon versprichst, ich bin bereit«, erklärte Petra.

»Bestimmt.« Oliver war sich seiner Sache sicher. »Nach meiner Meinung müßte der Grauhaarige früher oder später wieder auftauchen. Daß er sich auf Dauer in der Wohnung verborgen hält, ist nicht anzunehmen.«

»Richtig«, nickte Franziska. »Außerdem habe ich noch eine Neuigkeit für euch, eine Spur, die aber vermutlich genauso im Sande verlaufen wird wie alle Spuren, die wir inzwischen aufgenommen haben. Es geht um die angebliche Konsulin Wagenfurth. Sie wurde unmittelbar nach Ausführung des Diamantenraubes in der Nähe des Hotels gesehen. Meine Zeugin erinnert sich genau. Sie hat die Konsulin das Haus Krakauer Straße 23 betreten sehen, das nur hundert Meter vom Hotel entfernt liegt. Die Zeugin wunderte sich, daß die elegant gekleidete Dame in dem vierstöckigen Haus nicht eine Wohnung aufsuchte, sondern in den Keller ging. Meine Zeugin behauptet, daß Frau Wagenfurth nicht in diesem Haus wohnt, deswegen wunderte sie sich um so mehr, was die Unbekannte im Keller zu suchen hatte. Leider zuckte sie daraufhin nur mit den Achseln und ließ es geschehen. Wer unbedingt in den staubigen Keller wolle, der solle sich eben schmutzig machen. Ende der Aussage.«

»Weiter! Wo ist Frau Wagenfurth danach geblieben?«

»Das weiß niemand, sie wurde nicht mehr beobachtet. Seit dem Betreten des Kellers fehlt jede Spur von ihr. Aber es bleibt die Frage: Was suchte die Diebin in dem Keller, in dem es nur Lattenverschläge gibt, in denen die Mieter alte, nicht mehr brauchbare Sachen abstellen?«

»Mit anderen Worten, wir sollten uns mal mit dem Haus Krakauer Straße 23 beschäftigen?«

»Das wäre gut. Vielleicht machen das Stefani und Oliver zusammen, während sich Petra um die Fotos kümmert.«

»Also los, fangen wir an!« Petra erhob sich, holte ihre Kamera und das Funksprechgerät und machte ihre Mofa bereit. »Ich erinnere mich an ein Vorderzimmer mit dem Schild ‚Zu vermieten', das sehr günstig liegt. Natürlich melde ich mich laufend bei euch.«

Das tat sie bereits nach einer Stunde. »Bei mir haben die Vorbereitungen glänzend geklappt, allerdings mußte ich das Zimmer für einen Monat mieten. Die Kosten wird uns unser Auftraggeber ja wohl erstatten. Ich habe meine Kamera auf ein Stativ gesetzt wegen des Teleobjektivs. Die Lichtverhältnisse sind günstig, jetzt müssen nur noch meine Beobachtungsobjekte erscheinen.«

Inzwischen waren Stefani und Oliver zur Krakauer Straße 23 gefahren, um den dortigen Mietern das Bild von Frau Wagenfurth zu zeigen. Niemand entsann sich der Dame, die sich dort in den Keller zurückgezogen haben sollte.

Für Petra jedoch begann ein langweiliges Warten. Sie vertrieb sich die Zeit mit Tee und Kleingebäck, wobei sie sich vornahm, nur alle fünf Minuten ein Stück zu essen. Nach zwei Stunden wurde das zu langweilig, sie futterte den ganzen Vorrat hintereinander weg. Doch auch danach ließ sich der Grauhaarige nicht sehen.

Am Morgen des nächsten Tages hatte sie endlich Glück, jedenfalls was die beiden jungen Männer betraf, die sich in

der Wohnung befunden hatten. Durch das Teleobjektiv konnte sie sogar die Sommersprossen des einen und die tiefliegenden Augen des anderen erkennen. Die Männer hatten noch einen dritten in ihrer Mitte, einen schlanken Mann, der offenbar eine lustige Geschichte zum besten gab. Petra stellte scharf und drückte dann mehrere Male auf den Auslöser der Kamera. Das Teleobjektiv blickte durch eine Ritze der zusammengezogenen Gardinen und konnte deshalb niemandem auffallen.

Da sich der Grauhaarige noch immer nicht blicken ließ, zog sie später vorsichtig Erkundigungen ein, beim Gemüsehändler drei Häuser weiter, im nächsten Zigarrenladen, bei den Mietern der umliegenden Häuser.

Niemand kannte den alten Herren, niemand entsann sich, ihn je gesehen zu haben. Wieder einmal zerfloß die Spur ins Nichts . . .

Eine Perücke plaudert

Viel Hoffnung auf Erfolg hatten Stefani und ihr Zwillingsbruder Oliver nicht, als sie sich mit dem verstaubten Keller des Hauses Krakauer Straße 23 befaßten. Die Chancen standen eins zu hundert, hier auf eine neue Spur zu stoßen; mehr war nicht drin. Die Geschwister trugen Gammeljeans, die ältesten, die sich auftreiben ließen. Stefani hatte sich ihr blondes Haar unter eine Kappe gesteckt, sie sah fast wie ein Junge aus. Oliver trug sein Funksprechgerät an einem Gurt über dem Rücken und zwei Taschenlampen in einer Plastiktasche.

Der Kellerraum, der nicht abgeschlossen war, enthielt Lattenverschläge, wie erwartet, aber über allen lag eine

Schicht von Staub, die darauf hindeutete, daß sich seit langer Zeit niemand darum gekümmert hatte. Die Lattenverschläge waren mit Nummern versehen, die mit Malstift auf die Bretter gezeichnet waren. Hinter ihnen gab es nur überflüssige Gegenstände, alte Koffer, zerbrochene Stühle, Kisten, Pappkartons und mal ein paar Möbelstücke. Alles gammelte traurig vor sich hin, unter einer Schicht von Staub, die emporwirbelte, wenn es einen kleinen Luftzug gab.

»Nichts wie unter die Dusche, wenn wir hier fertig sind!« Oliver hustete mehrmals beim Reden. »Soll ich dir mal sagen, was ich von der seltsamen Zeugenaussage halte, die sich Franziska beschafft hat? Da will sie jemand an der Nase herumführen. Sieh dir das bloß an, hier verkriecht sich kein Mensch, nicht mal ein Hund. Ein Geheimgang als Fluchtweg ist auch blöd, so etwas kommt nur in Romanen vor, wenn dem Autor nichts anderes einfällt. Komm, laß uns gehen — hier finden wir bestimmt nichts!«

»Trotzdem geben wir nicht auf. Einmal dabei, schauen wir auch in den letzten Lattenverschlag hinein«, meinte Stefani. »Schalte mal deine Taschenlampe ein.«

»Ich möchte wissen, wozu das gut ist. Wir stören nur die Mäuse. Stell dir mal eine schmuckbehängte, elegant gekleidete Dame hier drin vor, die eine Million geraubter Diamanten in ihrer Tasche hat? So eine Millionendiebin nimmt sich einen Rolls-Royce, um den Schauplatz ihrer Tat zu verlassen und vergräbt sich nicht im Staub!«

»Vielleicht. Aber was sagst du zu diesem Bretterverschlag? Hinter dem gibt es keinen Staub. Auf jeden Fall hat kürzlich jemand da drin etwas in der alten Kommode gesucht. Und sieh mal — einen gut erhaltenen alten Kleiderschrank gibt es hier auch, und ein einzelner Damenschuh steht auf dem Boden.«

»Na wenn schon. In der Kommode sind bestimmt nicht die geklauten Diamanten. Höchstens tote Fliegen und altes Kinderspielzeug. Vielleicht bewahrt auch jemand seine Klamotten dort auf, die ihm zu eng geworden sind.«

»Wieso gibt es nur einen Damenschuh?« forschte Stefani weiter.

»Was kombiniert das Fräulein Detektiv da schon wieder? Daß eine Leiche unter dem Kleiderschrank liegt oder daß wir in dem andern Schuh die Schmucksachen des Juweliers aus Brasilien finden?«

»Auf der Kommode steht ein Pappkarton, auch der ist staubfrei. Mal sehen, was der enthält!«

»Du bist närrisch. Denk mal logisch — das hier ist kein Platz für einen Millionendieb.«

Trotzdem zwängte Stefani ihre Hand durch zwei Latten. Das war mühsam. Sie zog sich einen Splitter ein. Endlich erreichte sie den Karton und versuchte, den Deckel zu entfernen.

»Pappkartons sind immer gut«, spottete ihr Bruder. »Darin finden Fernsehdetektive alte Familienbilder, die mit einem Schlag jeden verzwickten Kriminalfall lösen.«

»Blödmann. Sieh mal her, in dem Karton liegt eine elegant frisierte Perücke!«

»Dagegen habe ich nichts, solange keine Diamanten darunter verborgen sind.«

»Sie könnte es sein!« schrie Stefani in diesem Augenblick in höchster Aufregung. »Hilf mir. Alleine kann ich es nicht schaffen.«

»Was könnte was sein?«

»Das Ding hier sieht aus wie — wie der Haarschmuck der Konsulin, überzeuge dich selbst!«

»Was ist los? Na warte, wenn du mich auf den Arm nimmst!«

Zweifelnd kam Oliver näher.

»Stecke deine Hand durch das Lattengitter, vielleicht können wir zusammen die Perücke aus dem Pappkarton herauskriegen.«

Olivers Rechte war um eine Nummer zu groß, nur vier Finger paßten dazwischen. »Geht nicht. Wenn du an das Ding ran willst, müssen wir die Tür aufmachen.«

»Also los, worauf wartest du noch?«

»Du sollst deinen Willen haben, das Vorhängeschloß hat bestimmt nicht viel dagegen. Gib mir eine Haarnadel.«

»Du weißt, daß ich so was nicht trage. Moment, hier in der Perücke scheint eine zu stecken.«

Es dauerte lange, ehe es Stefani gelang, ihre Hand leidlich unbeschädigt zwischen den Latten herauszuziehen, die Haarnadel hatte sie zwischen zwei Fingern.

»Gut gemacht.« Oliver bog sich die Nadel zurecht und ging damit gegen das einfache Vorhängeschloß an. »Du weißt, was wir machen, ist ungesetzlich. Die Schuld mußt du schon auf dich nehmen!«

»Feigling!«

Ungeduldig fummelte Oliver in dem Schloß herum. Als es endlich aufsprang, ließ er einen tiefen Seufzer los. »Zu einem guten Einbrecher fehlt mir noch allerhand. So, nun kannst du deinen Pappkarton untersuchen.«

Was zum Vorschein kam, bestätigte ihren Verdacht. Es war die Perücke, die die Konsulin während ihres Aufenthalts im »Atlantik International« getragen hatte, Oliver bestätigte es.

»Ich begreife überhaupt nichts«, fügte er hinzu und holte tief Luft. »Kannst du mir erklären, was das zu bedeuten hat?«

»Vorläufig nicht. Mal sehen, ob noch mehr zum Vorschein kommt.«

Es kam. Im Kleiderschrank hing das Kleid, das die angebliche Frau Konsul getragen hatte. In der Kommode lagen ihre Brille und der fehlende Schuh. Im unteren Fach fand sich ein Büstenhalter, der mit weichen Säckchen gepolstert war. Nur vom Schmuck des Juweliers aus Brasilien war nichts zu entdecken.

»Das kommt mir nicht nur wie ein Umkleideraum vor, sondern das ist einer! Die angebliche Konsulin ging nach ihrem Raub hierher, legte ihre Kleider ab, setzte sich eine neue, vorbereitete Perücke auf, zog andere Kleider an und konnte dann unerkannt die Gegend verlassen. Keine Zauberei, sondern nur ein perfekt organisiertes Verschwinden. Was sagst du dazu, Oliver?«

»Meinen Glückwunsch. Du verstehst mehr, als man dir zutrauen durfte — obwohl ich dein Bruder bin. Auf jeden Fall sind wir einen großen Schritt weiter.«

»Das stimmt leider nicht. Wer sagt dir, wie die Lady jetzt aussieht? Wer sie in Wirklichkeit ist? Wo man sie finden kann? Nein, wir sind keinen Schritt weiter. Wir wissen nur, daß wir nicht mehr nach Frau Konsul Wagenfurth zu suchen brauchen.«

»Sondern nach einer Frau, die einen kleinen Höcker auf ihrer Nase hat und ansonsten völlig anders aussieht.«

»Also doch Käthe Wurm . . .« Stefani erschrak. »Dabei fand ich sie so nett und originell. Weißt du, Oliver, sie ist mir mit ihrem Tick richtig sympathisch geworden.«

»Es ist verkehrt, Gefühle zu haben, wenn man Verbrecher sucht.« Er nahm den Pappkarton mit der Perücke an sich. Das Vorhängeschloß ließ sich mit Leichtigkeit wieder schließen.

Nutzlose Schätze

Zusammen mit Petra fuhr Franziska Hiltorf diesmal selbst nach Kronhausen hinaus. Der weiße Mercedes brauchte auf der Autobahn kaum eine halbe Stunde. Von der Ausfahrt Holledau aus wies Petra ihr den Weg zu dem versteckten Dorf.

Dort hatte sich nichts verändert. Die Schweine sonnten sich auf der Weide wie beim ersten Besuch der jungen Leute, die Schafe hoben neugierig die Köpfe, nur hin und wieder störte Hühnergackern die Stille des Ortes. Das Haus auf dem Hügel, in dem Käthe Wurm wohnte, wurde von einer freundlichen Sonne beschienen.

Wie beim ersten Mal stand das Tor zum »Museum« weit offen. Das alte Auto links des Eingangs glänzte wie neu geputzt. Die Gartenzwerge gegenüber sahen vergnügt aus. Als Franziskas Auto die Auffahrt emporrollte, kam der kleine struppige Hund und kläffte.

Weit hinter dem Haus, auf Schienen stehend, fanden Franziska und Petra die alte Lokomotive, von der Käthe Wurm erzählt hatte. Mit ihr war die Besitzerin dieses seltsamen Museums beschäftigt. Fleißig putzte sie die blanken Messingteile, so daß sich die Sonne darin spiegelte. Das strohblonde Haar hing ihr wirr um den Kopf, auf ihrer rechten Wange hatte sie einen schwarzen Ölfleck.

»Guten Tag«, sagte Franziska aufmerksam, »Sie sind die Leiterin dieses Museums? Die Kinder haben mir davon erzählt, ich möchte es mir gerne selbst mal anschauen. Ist das gestattet?«

»Guten Tag«, echote Petra artig und hob ihren Kopf mit dem karottenroten Haar. »Ihre Lokomotive ist ja pfundig, viel schöner als auf Abbildungen!«

Frau Wurm wurde sichtlich nervös. »Ich komme schon, bitte einen kleinen Augenblick. Ich dachte nicht, daß die Kinder so begeistert von meinen Schätzen waren, daß sie mir einen neuen Besucher bringen würden.« Sie kletterte von der alten Lok herunter und wischte sich die öligen Hände an ihrem Kleid ab. Das war grau und nicht sonderlich sauber. »Sehen Sie sich um, alles steht für Sie offen, ich ziehe mich nur schnell um. So, wie ich aussehe, kann ich niemand durch mein Museum führen. Aber es geht nicht anders, alle Dinge brauchen ihre Pflege.«

Ohne eine Antwort abzuwarten, huschte sie davon. In ihrem alten, mit großen Stichen geflickten, viel zu langen Rock und ihren wilden Haaren wirkte sie jetzt eher wie die Hexe bei Hänsel und Gretel.

Gedankenvoll blickte ihr Franziska nach. »Ein seltsamer Typ. Hoteldiebe von der Art habe ich noch nie kennengelernt. Außerdem habe ich mir das Gerümpellager, das ihr mir beschrieben habt, anders vorgestellt.«

»Ich glaube auch, daß es Käthe Wurm mit ihrem Museum ernst meint, das hat nichts damit zu tun, daß es komisch wirkt.«

»Komisch, ja oder nein — trotzdem enthält es erstaunliche Dinge, die heute ein Vermögen darstellen. Für wie alt schätzt du Frau Wurm?«

»An die fünfzig.«

»Ich auch. Die angebliche Frau Konsul Wagenfurth wird dagegen auf etwa Mitte 30 geschätzt. Hat Frau Wurm eine Tochter?«

»Sie behauptet, keine Kinder zu haben.«

»Wir werden es herausbekommen. Schauen wir uns erst mal um.«

Langsam bummelte Franziska zur nächsten Scheune. Sie stand voll mit primitiven Tischen, auf denen Porzellan ausgestellt war.

»Verblüffend! Das ist echtes Meißner aus dem vorigen Jahrhundert. Du ahnst nicht, was das für ein Vermögen darstellt. Wir sind keine armen Leute, aber dieses Porzellan könnte ich nicht bezahlen. Wenn Frau Wurm das verkauft, kann sie sich allerlei leisten.«

»Also hat sie einen Tick?«

»Ich würde sagen, einen erheblichen Tick. Was sie hier ausgestellt hat, ist ein Vermögen wert und liegt praktisch nutzlos herum.«

»Meinst du, daß das Geld dazu aus Hoteldiebstählen stammt?«

»Du fragst zuviel. Das sind reine Vermutungen.«

Es dauerte lange, ehe Frau Wurm zurückkam. Sie hatte sich von Kopf bis Fuß umgezogen und trug jetzt ein einfaches, blitzsauberes Nachmittagskleid, passende Schuhe und Seidenstrümpfe. Ihrem Haar war anzusehen, daß es in aller Eile in Form gebracht worden war.

»Ich sehe, Sie sind dabei, meine Schätze zu betrachten«, sagte sie mit Stolz. »Ich habe Kaffeewasser auf den Herd gestellt, ein Napfkuchen steht auch bereit. Wenn Sie bei der Besichtigung eine Pause machen, dann lade ich Sie in mein Haus ein. Machen Sie mir die Freude?«

In ihren Augen war sehnsüchtige Erwartung zu lesen. Ihre Einladung klang fast schüchtern. Sie hatte wohl immer Kaffee und Kuchen bereit für den Fall, daß sich jemand fand, der ihr Museum besuchte.

»Mit dem, was hier zu sehen ist, habe ich nicht gerechnet«, sagte Franziska, um abzulenken.

Das half auf eine seltsame Weise. Käthe Wurm richtete sich auf, eine zaghafte Hoffnung trat in ihr Gesicht, selbst

Petra fiel das auf. Erstaunlich, welch gläubiges Zutrauen Frau Wurm jedem Wort entgegenbrachte, fast kindlich.

Als sie an dem alten Zirkuswagen vorüberkamen, sagte Käthe Wurm stolz: »Das war das Büro meines Vaters in der Glanzzeit unseres Wanderzirkus. Später leitete ihn mein Mann. Dort drin wurden die Tageseinnahmen gezählt und erhielten die Artisten ihre Gagen.« Fast feierlich öffnete sie die Tür, um einen Einblick zu gestatten.

Das Innere war tadellos aufgeräumt, nur ein muffiger Geruch strömte aus der offenen Tür. Der Wagen war mit einem zerkratzten, neu aufpolierten Schreibtisch ausgestattet, dahinter hing das Bild eines Zirkusdirektors mit einem Zylinder auf dem Kopf und der Peitsche in der Hand.

»Es ist alles so geblieben, wie es einmal war.« Käthe Wurms Augen begannen zu glitzern. Die Erinnerung, die sich auf ihr Gesicht malte, ließ sie jünger erscheinen.

Nachdem sie in dem Biedermeier-Wohnzimmer den Kaffee eingeschenkt und den Kuchen aufgeschnitten hatte, sagte sie, zu Franziska gewandt, mit plötzlich veränderter Stimme: »Ich weiß, warum Sie hergekommen sind; in der Zeitung habe ich von dem Millionendiebstahl im Hotel gelesen und das Bild der Täterin gesehen. Sie nehmen an — daß ich das bin?«

»Sie selbst, nein, das glaube ich nicht mehr, jedenfalls was den Diamantenraub betrifft. Trotzdem sollten Sie mir eine Frage beantworten. Sie waren in München, was haben Sie dort gewollt?«

»Verstehen Sie das nicht? Ich habe keine Freunde, auch dort nicht. Ich wollte Menschen sehen, fremde Menschen, die reden, die lachen, die in Autos steigen oder in Läden einkaufen. Denn nach hier, wo ich so viel hergerichtet habe, um den Menschen etwas zu zeigen, kommt niemand. Alle halbe Jahre fahre ich nach München, für zwei oder drei Tage.«

»Sie haben versucht, in das Apartment 317 einzudringen.«

Käthe Wurm sank zusammen: »Sie glauben also doch, daß ich . . . So etwas mache ich nicht, bestimmt nicht, ich habe es auch nicht nötig. Unser Zirkus hat eine gute Zeit erlebt, wir haben viel Geld verdient. Mein Vater und mein Mann haben mir alles hinterlassen. Für mich und mein Museum ist mehr als genug vorhanden.«

»Deshalb sollten Sie mir helfen, Frau Wurm. Die Ähnlichkeit zwischen Ihnen und dieser angeblichen Frau Wagenfurth ist verblüffend, das könnte kaum ein Zufall sein. Ihre Tochter . . .«

»Ich habe keine Kinder, ich war nie verheiratet.«

»Gibt es andere Verwandte?«

Frau Wurm schwieg. Malte mit dem Finger unsichtbare Figuren auf das Tischtuch. »Danach sollten Sie mich nicht fragen.«

»Eine Schwester?«

»Sie ist tot. Sie muß tot sein.«

»Sie mögen sie nicht?«

»Im Gegenteil, wir haben uns geliebt, herzlich geliebt. Nur ihr Mann war ein Gauner, aber sie kam nicht von ihm los, er hatte sie völlig in seiner Gewalt. Ihr Verschwinden ist mehr als zehn Jahre her.«

»Sie haben nicht nach ihr gesucht?«

»Natürlich bin ich zu ihr gefahren. Sie hatte die Wohnung aufgegeben und dem Hauswirt erzählt, daß sie nach Südamerika auswandern würde. Eines Tages erhielt ich von unserer Botschaft in Kolumbien die Nachricht, daß sie verschollen sei, sie und ihr Mann. Wahrscheinlich hätten beide den Tod gefunden. Den Mann habe ich nie kennengelernt, meine Schwester schämte sich seiner, sie hat ihn nie mitgebracht.«

»Hatten die beiden Kinder?«

»Einen Sohn, er hieß Gert. Er müßte heute achtundzwanzig Jahre alt sein. Ob er mit seinen Eltern nach Südamerika ging, das weiß ich nicht. Es waren sehr unglückliche Familienverhältnisse, Gert habe ich als Siebzehnjährigen zum letzten Mal gesehen.«

»Ihre Schwester sah Ihnen ähnlich?«

Käthe Wurm begann zu weinen, es klang eher wie ein leises Wimmern: »Ja«, hauchte sie fast unhörbar. »Aber sie lebt nicht mehr, deshalb kann sie auch nicht die Diebin im Hotel ‚Atlantik International' sein.«

»Wie hieß Ihre Schwester nach der Eheschließung?«

»Heller, einfach Heller.« Weil Käthe Wurm nicht wußte, was sie mit ihren Händen anfangen sollte, griff sie nach ihrer Kaffeetasse. Eine Träne tropfte ihr von der Wange und fiel in den Kaffee. »Wissen Sie nun genug? Ich schwöre Ihnen . . .«

»Sie brauchen mir nichts zu schwören. Zeigen Sie mir lieber Ihre gesammelten Schätze, ich freue mich darauf.«

Ein schwaches Lächeln huschte über das weinende Gesicht. »So gerne, ja, wenn es Sie interessiert!«

»Ich möchte noch etwas fragen«, mischte sich Petra ein, die wortlos der Unterhaltung gefolgt war. »Sie erzählten, daß der Sohn Ihrer Schwester Gert hieß, mit Vaternamen Heller.«

»Ja, das stimmt.«

»Sehen Sie sich bitte dieses Bild an. Erkennen Sie einen der jungen Männer?«

Unruhig griff der Zauber-Wurm nach dem Foto, das Petra über den Tisch reichte. Sie brauchte nur einen kurzen Blick darauf zu werfen: »Er hat sich kaum verändert, hier in der Mitte, das ist Gert. Er müßte jetzt achtundzwanzig sein. Er wollte Schauspieler werden, aber ich glaube, das hat er nicht geschafft. Er war wie sein Vater . . . Woher stammt das Bild?«

»Kennen Sie die anderen beiden Männer?«

»Keine Ahnung. Ich weiß seit mehr als zehn Jahren nichts mehr über den Sohn meiner Schwester. Ich kann nicht mit Menschen umgehen, die — ach, ersparen Sie mir das. Auch Gert hatte keine Lust, mit einer so verrückten alten Tante umzugehen, wie ich es bin.«

Petra wußte genug. Sie hatte kein Interesse, die ihr gestellte Frage zu beantworten, und lenkte das Gespräch auf andere, neutrale Themen. Ohne daß es eines Zeichens bedurfte, begriff Franziska diese Absicht und machte eifrig mit. Eine Stunde später verließen beide die seltsame Käthe Wurm, die sich inzwischen beruhigt hatte.

Sie wirkte nur noch wenig bedrückt, als sie zum Abschied sagte: »Kommen Sie bitte bald wieder, Sie sind herzlich eingeladen. In meinem Museum gibt es so viel mehr zu sehen, was ich Ihnen heute noch nicht zeigen konnte.«

Langsam rollte der weiße Mercedes den Berg hinunter und schlug den Weg zur Autobahn ein. Die Dämmerung kam. Im Westen stand eine große, purpurne Sonne, deren Licht Häuser und Bäume antuschte.

»Zuerst habe ich deine Frage nicht verstanden«, sagte Franziska nach langem Schweigen, »aber dann ist mir der Sinn klargeworden. Und noch mehr. Ich glaube, das Millionending ist gelöst.«

»Gelöst? Das begreife ich nicht.«

»Dann hör genau zu . . .«

Der letzte Auftritt

Ein Detektiv hat in jeder Lage seine Nerven unter Kontrolle zu halten, ihn darf nichts verblüffen. Darüber wurde sich Stefani klar, als es längst zu spät war. Natürlich wollte sie sich nie überraschen lassen und selbst in ungewöhnlichen Situationen einen gleichmütigen Gesichtsausdruck behalten. Das Pech war, es gab wenig Gelegenheit, so etwas zu üben.

Zusammen mit Oliver war sie mit dem Fahrstuhl hinunter in die Halle gefahren. Da sowieso nichts los war, Hoteldiebe wimmeln ja nicht im Dutzend herum, dachte sie an allerlei nebensächliche Dinge. Aber als sich die Fahrstuhltüren öffneten, stand sie gute zwei Meter entfernt von dem Grauhaarigen mit dem Stock! Jetzt also wurde der gleichmütige

Gesichtsausdruck benötigt, gute Nerven und ein schneller Entschluß . . .

Fehlanzeige! Stefani riß die Augen auf, rührte sich nicht vom Fleck und murmelte: »Er — das darf doch nicht wahr sein!«

Aber auch der alte Herr hatte seine Nerven nicht mehr beisammen. Er stützte sich nicht mehr auf seinen Spazierstock, um gemächlich davonzuhumpeln — er drehte sich vielmehr abrupt um und eilte, nein, stob durch den Ausgang ins Weite. Seine plötzliche Behendigkeit war den Umstehenden aufgefallen, aber natürlich kam niemand auf die Idee, sich ihm in den Weg zu stellen oder ihn zu verfolgen. Das war nur geschehen, weil Stefanis Gesichtsausdruck ihm gesagt hatte, daß er erkannt worden war . . .

»Was ist mit dir los?« fragte Oliver kopfschüttelnd, »willst du versteinern?«

»Da, schau hin, da rennt er! Der Grauhaarige hatte die Frechheit, wieder in das Hotel zu kommen, in dem ihm ein Diebstahl geglückt war.«

Auch Oliver hatte seine Schrecksekunde. Sie dauerte so lange, wie ein Groschen fällt, den man in einen Telefonautomaten steckt. Erst danach löste sich ihre Erstarrung, und sie machten sich an die Verfolgung des Grauhaarigen, eines Zurufes bedurfte es nicht mehr.

Der hatte inzwischen längst die gläserne Tür des Hotels hinter sich gelassen und rannte die Straße hinunter. Und wie er rennen konnte! Seinen Stock behielt er in der rechten

Hand. Kurz vor einer Taxe sauste er auf die andere Straßenseite.

Oliver hatte sich durch einen Pulk von Gästen nach draußen gedrängt. Hinter ihm erreichte Stefani die Straße. Beide sahen noch im letzten Augenblick den Flüchtling. Ein Hausdiener mit einer Karre voller Gepäckstücke kam ihnen in den Weg.

»Gleich verlieren wir ihn aus den Augen!« rief Stefani. »Den Dieb erwischen wir nicht mehr, wenn . . .«

Da hatte sich der Grauhaarige in einen Hausflur verdrückt und war nicht mehr zu sehen. Verdammt . . .

Trotzdem rannten die Geschwister weiter. Als sie in die Nähe des Hauses kamen, in dem der Flüchtling verschwunden war, rief Oliver atemlos: »Toll, der Alte ist in das gleiche Haus geflüchtet, in dem die Konsulin ihre Perücke gewechselt hat! Uns bleibt eine Chance, dann nämlich, wenn er auch in den Keller gelaufen ist . . .«

»Du spinnst! Wenn wir den Mann noch finden, dann will ich in Zukunft nur noch Käseputz heißen.«

»Versuchen wir's. Aber leise sein, damit wir ihn nicht aufscheuchen!« Oliver betrat zuerst das Haus. Auf Treppe und Flur war es still, nirgends klappte eine Tür. »Weiter auf Zehenspitzen!«

Die eiserne Tür zum Kellerraum war nur angelehnt, wie neulich. Die zwei winzigen Kellerfenster warfen kaum Licht in den Raum. Winzige Geräusche waren darin hörbar, etwa wie die einer umherhuschenden Maus.

»Es ist jemand drin«, flüsterte Oliver, »das Geräusch kommt vom gleichen Lattenverschlag, in dem sich die Konsulin umgezogen hat. Ich habe es in der Nase, wir sind richtig! Der Grauhaarige gehört zu dem gleichen Gangsterring wie die Konsulin! Bis wir Hilfe kriegen, darf er uns nicht entwischen. Such schnell eine Stange.«

»Wozu das? Stangen gibt es hier nicht, aber einen Besenstiel sehe ich in der Ecke drüben. Kannst du damit etwas anfangen?«

»Prima!« Oliver legte den Besen schräg an die Treppe und trat mit Wucht auf das Holz. Das zerbrach krachend in zwei ungleiche Hälften. Das längere Ende reichte gerade aus, um vom Boden aus bis unter die Klinke zu kommen. Die Tür war zu!

»So, jetzt schalte das Funksprechgerät ein, vielleicht erreichen wir Franziska. Ohne sie können wir nicht viel ausrichten.«

Skeptisch gehorchte Stefani. Sie schaltete auf Sendung, die grüne Lampe leuchtete auf: »Hallo, Franziska, erreichen wir dich? Es ist wichtig! Bitte melden! Ende!«

Schneller als erwartet kam die Antwort: »Hier ist Petra. Wir sind im Wagen. Franziska steuert gerade das Hotel an. Was ist los?«

»Wenn ihr stadtauswärts fahrt, dann fahrt noch ein Stück weiter, die gleiche Straße, Haus Nr. 23. Wir haben soeben den grauhaarigen Herrn festgesetzt.«

»Was habt ihr?«

»Du hast richtig gehört, der Herr mit dem Spazierstock sitzt in dem gleichen Keller, in dem die Konsulin sich ihrer Perücke entledigt hat.«

Franziska mischte sich ein. »Du meinst den grauhaarigen Herrn? Ich fürchte, ihr habt ein Kuckucksei. Aber keine Sorge, wir sind in gut einer Minute da!«

»Teufel, Teufel, gegen eure Geschwindigkeit ist die Feuerwehr nur ein Haufen lahmer Weinbergschnecken. Ein Besenstiel sorgt für die Sicherheit unseres Gefangenen.«

Die spinnen komplett! dachte Petra. Mit einem Besenstiel konnte man doch keinen Verbrecher festhalten, nicht einen!

»Ich will hier raus!« brüllte inzwischen eine kräftige Stimme aus dem Keller. Der Grauhaarige trommelte mit seinen Fäusten gegen die Eisentür. »Was soll das, wer hat die Tür verschlossen?«

»Moment bitte, wir sind gleich soweit, hier wird gearbeitet«, antwortete Oliver zuckerfreundlich durch die Tür. »Nur einen Augenblick, gleich ist der Weg frei.«

Zum Glück fand Franziska schnell einen Parkplatz. Zusammen mit Petra kam sie die Kellertreppe herunter und sah sich die mit einem Besenstiel gesicherte Tür an: »Also los, Oliver, laß den Vogel heraus.«

»Das ist kein Kuckucksei — das ist der Grauhaarige samt Stock!« Siegessicher nahm er den Besenstiel fort und öffnete die Tür. Es erschien . . .

Stefani war einer Ohnmacht nahe. Oliver bekam vor Schreck Bauchschmerzen. Aus dem Keller erschien nicht der Grauhaarige, sondern ein junger Mann im Jeansanzug. »Was soll der Unfug?« fragte er, »habt ihr mich zum Spaß eingesperrt?«

Der junge Mann hatte schwarzes, lockiges Haar, trug ein offenes Hemd und hatte eine kleine Narbe unter dem rechten Auge.

»Verzeihung«, stotterte Oliver. »Wir suchen jemand anderen. Mit Ihnen hat das nichts zu tun.«

»Schon wieder hat sich jemand in Luft aufgelöst«, ächzte Stefani. »In diesem verrückten Fall kenne ich mich nicht mehr aus . . .«

Petra dagegen zog das Bild aus ihrer Handtasche, das sie tags zuvor Frau Wurm gezeigt hatte. »Ich kenne Sie«, sagte sie mit verblüffender Freundlichkeit. »Sie sind Gert Heller. Stimmt, nicht wahr?«

»Ja, das bin ich und nicht der, den Sie suchen.«

»Gert Heller, der verkrachte Schauspieler?«

»Verkracht — das verbitte ich mir!«

»In Ihrem Beruf haben Sie es gelernt, sich zu verwandeln. Ein paar Schminkstifte, eine andere Perücke genügten — Sie wurden zu einem grauhaarigen Herrn.«

»Lassen Sie diese Unterstellungen! Was geht mich Ihr grauhaariger Herr an?«

Da klang ein erleichtertes, völlig unpassendes Lachen durch den Keller. Es kam von Franziska. »Stimmt genau, Herr Heller. Ihre Augen, Ihr Mund und Ihre Nase verraten es deutlich, Sie sind auch in die Maske der Frau Konsul Wagenfurth geschlüpft. Was die Narbe unter Ihrem Auge betrifft, die haben Sie in der Eile schlecht angeklebt, die löst sich gerade ab. Die Polizei hatte recht, für alle Hoteldiebstähle im ‚Atlantik International' gibt es nur einen Täter. Die Requisiten Ihrer letzten Verwandlung finden wir sicher hinten im Lattenverschlag!«

Gert Heller wich erschreckt bis an die Mauer zurück. »Ich gebe nichts zu, gar nichts«, sagte er, »ich will einen Anwalt.«

»Das ist Ihr gutes Recht, das haben Sie auch nötig. Das nächste Polizeirevier habe ich bereits verständigt. Sie können die Beamten hören, die gerade durch die Haustür kommen.«

Franziska war die Liebenswürdigkeit selber.

Eine halbe Stunde später war der Spuk verflogen. Die Hiltorfs kletterten in den weiße Mercedes, sie waren spürbar erleichtert. »Nur eines tut mir aufrichtig leid«, sagte Oliver mit bekümmerter Miene, »ab heute muß ich meine hübsche Schwester ‚Käseputz' nennen, sie hat ihren Namen geändert.«

Worauf sich Fräulein Käseputz aufrichtete, ihrem Bruder einen vernichtenden Blick zuwarf und verachtungsvoll ausrief: »Du Teufel! Für diese Untat darfst du heute abend meinen Nachtisch nicht essen. Und wenn ich satt bin bis oben hin, ich futtere ihn selber, um dich zu bestrafen!«